KB159769

아름다움은 세월이 새겨준다

할미꽃

이주영

추위가 가시지 않은

초봄의 길가에서

하이얀 솜털에 이슬 머금은

고개 숙여 피어 있는

한 송이 할미꽃

아무도 돌아보지 않는

할미꽃의 설레임 돌아보세요

할미꽃도 꽃이예요

지나간 날 멀리 떠나가 버린

내 사랑을 기다리고 있습니다

아름다움은 세월이 새겨준다

이주영 지음

가연

| 프롤로그 |

내 나이 아흔넷. 거울에 비친 성성한 백발의 모습에 흘러간 세월 속 아득한 그리움이 묻어납니다. 그것은 결국 본향에 대한 향수와 혈육에 대한 애틋한 감정일 것입니다. 모두를 그리워하는 심정은, 한평생 타국에 살면서 겪어 낸 슬픔이 승화되어 모두가 내 피붙이처럼 느껴지는 마음일 것입니다.

나는 성격이 단순하여 힘든 세월을 버티는 중에도 늘 감사하고 감동하며 살아왔습니다. 그리하여 평생 후회 없이 보람 있는 인생의 길을 걸어왔다고 자부합니다. 인생은 일장춘몽이라며 허무하다는 사람들도 많지만 나는 단 한 번도 그런 생각을 해 본 적이 없습니다. 육체는 비록 사라지고 없어지지만 치열한 삶이 남긴 흔적은 영원히 남아 후학들의 본보기가 되기 때문이죠.

내가 존경하고 항상 목표로 삼아온 에스티 로더Estee Lauder는 몹시 가난한 어린 시절을 보내면서도 꿈과 희망을 버리지 않았습니다. 그렇게 포기하지 않고 열심히 노력한 덕분에 세계에서 가장 유명한 화장품을 만들어 전 세계 여성들의 마음을 사로잡았습니다. 또한 "세상에 못생긴 여성은 없으며, 단지 본인이 미인이라고 여기지 않는 여성만이 흉하게 보일 뿐"이라며 외모지상주의 사회에 큰 울림을 주기도 했습니다.

나는 그녀의 모습에 큰 용기를 얻었고, 현실은 가혹했지만 소녀시절의 꿈을 반드시 이뤄 내겠다는 신념을 버리지 않았습니다. 결국 노년기에 접어든 65세에 화장품 회사 '사바비안'을 설립했습니다. 그리고 29년이 지난 지금도 여성들에게 이로운 화장품을 만들겠다는 열망은 결코 변함이 없습니다.

아흔넷은 호적의 기록일 뿐입니다. 목표와 희망이 있는 한 이 생명 다할 때까지 포기하지 않고 달려갈 것입니다. 사랑하는 고국의 여성들에게 건강한 피부 관리법도 전수하고, 피부 때문에 고민하는 여성들에게 진정한 아름다움을 선사하고 싶습니다. 그를 위해 이 책이 작게나마 도움이 된다면 나는 그것으로 행복할 것입니다.

저의 마지막 도전을 지켜보며 격려와 응원을 부탁드립니다.

2022년 4월 미용의학 박사

이주영

| CONTENTS |

2 암도 이겨 낸 독한 여자

피부 트러블

3 알면 아름다워진다

생활 속 피부 관리

4 사람이 좋다, 사업이 좋다

피부와 식생활

5 빛바랜 연서

물과 미네랄 밸런스

1

당신의 피부는 울고 있다

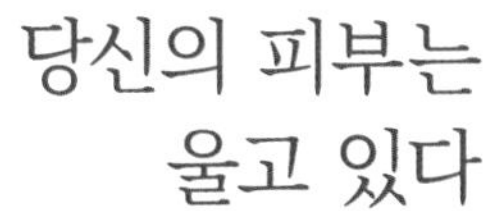

1. 화장품이 피부를 망친다

오랜 시간 한국 여성들을 지켜보면서 이런 결론을 내렸다. 한국 여성들은 매일 화장품을 바르는 것으로 인해 피부를 망치고 있다! 게다가 피부에 대한 기본 상식을 갖지 못하고 평생 자신의 피부를 고생시키면서 노화를 급속히 촉진시킨다!

화장품은 '신체를 청결히 하고 용모를 가다듬으며, 피부와 모발을 건강하게 유지하기 위해 신체에 도포, 살포 등의 방법으로 사용하고 인체에 대해서 그 작용이 완화된 것'이라야 한다. 하지만 안타깝게도 많은 여성들은 화장품을 잘못 사용하여 오히려 피부가 상하고 이로 인한 부작용으로 고민하고 있다. 화장품이 아니었다면 훨씬 잘 보존되었을 피부가 화장품 과다사용으로 돌이킬 수 없는 상태가 된 것이다.

화장품은 치료제가 아니다. 피부를 깨끗하게 하고 보호하기 위해 바르는 것이다. 그런데도 이를 잘못 알고 자꾸 덧바르다 보면 화장품에 함유된 기름 성분으로 인해 얼굴에 기미와 검버섯이 생기고, 점이 늘면서 땀구멍까지 넓어진다. 이 모든 것이 피부에 대한 기초 지식이 없어서다. 더 이상 피부를 망치지 않으려면 지금부터라도 화장품에 대한 기초 지식을 제대로 알아야 한다.

시중에는 이루 헤아릴 수 없이 많은 화장품이 팔리고 있다. 그것들은 개발되는 순간부터 계절마다 색다르게 옷을 갈아입으며 신제품이라 떠벌여진다. 한마디로 크게 변한 것도 없이 포장만 바꾸고 가격을 올려 받는 식이다. 그러나 이를 알 리 없는 고객들은 값을 비싸게 치러도 피부가 더 좋아질 거라는 착각 속에 열심히 사서 바른다. 과연 광고처럼 비싸진 만큼 피부가 정말 좋아졌는지 묻고 싶다. 화장품 회사야 돈벌이하느라 그렇다 쳐도 그런 광고에 혹해서 자신의 소중한 얼굴을 무조건 내맡기는 여성들이 많다는 것에 적잖이 놀랐다.

화장을 지우면 적나라하게 보이는 누렇게 뜬 얼굴과 빛바래 가는 입술…. 그래서 뭔가 찍어 발라야만 집밖에 나설 수 있는 여자들이 많다. 그대로 뒀으면 더 건강했을 피부를 화장품으로 망친 것이다.

화장품 회사는 만들고 나서 안 팔리면 새 포장에 이름과 기능을 추가시켜 신제품으로 둔갑시킨다. 그런데도 그저 비싼 브랜드라면 사족을 못 쓰는 여성들이여, 이제 피부를 더 이상 신음하게 하지 말자. 화장품 회사에서 권하는 상업적인 방법 말고 우선 피부에 대해 제대로 알 필요가 있다. 화장품과 피부에 대한 기초 지식을 알아두면, 돈도 절약되고 피부와 더불어 건강도 좋아진다는 것을 깨닫게 될 것이다.

절세미인의 대명사로 여겨지는 이집트의 클레오파트라와 중국의 양귀비는 외모만큼이나 맑고 투명한 순純피부와 윤기 있는 머리카락으로 유명했다. 이렇듯 미美는 시대와 인종을 초월하고 연령에 상관없이 여성이라면 누구나 소망하는 공통적인 염원이다. 수분이 충분하고, 주름살이 없고, 탄력 있는 맑고 투명한 피부!

화장품은 이제 생활의 필수품이 되었다. 하지만 오히려 화장품으로 인해 피부가 망가지고 있는 실정이다. 여성뿐만 아니라 아이와 남성까지 화장품으로 인해 피해를 입고 있다. 거듭 말하지만 고급 화장품이 특별한 효과가 있는 것이 아님을 알아야 한다.

나는 그동안 화장품 광고팸플릿이나 매장에서의 설명가 잘못됐다고 누누이 강조해 왔다. 그러나 신문, 잡지, TV와 같은 대중매체들이 이런 점들을 바르게 알리지 않는 이상 대중에게 그 소리는 들리지 않는다. 더구나 대중매체는 광고 수입으로 운영되기 때문에 화장품업계에 타격을 입힐 내용은 절대 발표하지 않는다. 그렇기에 고급 화장품의 진실은 가려질 수밖에 없고 거대 자본에 의해 피해를 입는 건 결국 일반 대중들이다. 이제라도 우리는 정확히 알아야 한다. '화장품은 피부에 유해한 화학물질로 합성되어 있다.'는 것을!

예를 들어 여름에 많이 판매되는 자외선 차단 제품 대부분은 석유화학으로 만들어진 화합물이다. 이건 자외선과 반응해 햇빛 알레르기성 피부염을 일으키는 물질이다. 다시 말하면 아무것도 바르지 않고 자연의 햇볕에 태운 얼굴은 그냥 놔두면 자연적으로 치유된다. 하지만 강한 자외선 차단 제품을 사용해서 태운 피부는 자신도 모르는 사이에 마치 프라이팬에 눌러 붙은 기름때처럼 기미를 생기게 만든다.

우리 피부는 절대로 대충 만들어지지 않았다. 피부 표면에서 분비되는 땀과 유분인 피지가 혼합되어 자연크림을 만들어 내고, 이것이 방어막이 되어 피부를 보호한다. 한마디로 스스로 천연크림이 생성되어 웬만한 것에 다 저항하도록 되어 있다.

아름다움은 건강한 신체에서 출발한다. 몸이 건강하고 깨끗한 혈액이 잘 순환되면 우리의 피부와 머리카락은 충분한 영양보급을 받고 건강미로 빛난다. 그런데도 이것을 무시하고 화장품을 과다하게 사용하면 피지선이 위축되어 자연피지의 배설을 둔화시켜 건성피부가 되는 것이다.

피부의 보습은 수분이지 기름이 아니다. 기름 성분이 많은 화장품으로 화장을 많이 한 여자들보다 간단하게 로션 정도만 바르는 남자들의 피부가 더 차분하고 기미도 없다. 즉! 매일매일 아침저녁으로 피부 손질하는 여성이 훨씬 더 문제성 피부가 많은 것은 화장품에 의한 부작용이라는 것을 증명한다.

한 번 더 강조하고 싶다. 비싸다고 무조건 좋다는 생각을 바꿔야 한다. 이제 내 피부는 화장품에 맡기지 말고 자연으로 돌아가게 하자. 그래서 회복시키자!

2. 발라서 가려운 것은 부작용이다

화장품을 바르다보면 가려움을 느낄 때가 있다. 그건 피부가 화장품에 대해 거부반응을 일으키기 때문이다. 피부의 이물질이므로 들어오지 말라는 징후다. 요즘은 화장품을 안 발라서 피부가 나빠지는 게 아니라 너무 많은 종류를 바르기 때문에 나빠지는 경우가 많다. 나이트크림 바르고, 기름기 많은 것을 얼굴에 떡칠하고, 그래도 당기니까 자꾸만 더 바른다. 기능성 화장품이라고 해서 바르는 종류가 많아지다 보니 피부가 견디지 못하고 가렵거나 죽어간다.

우리 회사사바비안의 클렌징은 액체로 만들면 썩기 때문에 파우더로 만들었다. 눈에 들어가도 따갑지 않다. 아쿠아 수분크림도 기미, 주름, 처짐, 이 세 가지를 해결하는 크림인데, 이것에도 일절 기름이 들어가지 않는다. 화장품에 기름이 들어가면 피부에 기름이 얹는 꼴이다. 그럼 피부의 온도가 올라가면서 기름은 산화되어 버린다. 이런 행위가 반복되면서 얼굴에 반점이 생기는 것이다.

인간은 25세를 넘기면서 신진대사가 차츰차츰 저하된다. 신진대사 저하로 햇볕에 그을린 얼굴은 잘 회복되지 않고 기미로 변한다. 내가 연구한 것은 바로 이처럼 혈액순환을 촉진시켜 신진대사를 올려주는 것. 그것을 실감할 수 있는 화장품을 만드는 것이었다. 모든 건강은 혈액순환에 달려 있다. 피부에 바르는 화장수도 혈액순환을 촉진시키게 만들면 자연치유력이 높아져서 신진대사가 활발해진다.

나는 신진대사가 활발해지면 피부가 아름다워진다는 것을 깨닫고 연구를 시작했다. 임상실험의 대상은 물론 나였다. 그래서 내가 만든 화장품은 성분 자체를 우리 몸속에 있는 간질액間質液, 조직 세포 사이에 있는 액체과 거의 가깝게 만든다. 병원 응급실에 실려 가면 가장 먼저 환자에게 조치하는 게 링거액 주사다. 혈관을 깨끗하게 씻어 내기 위해 놔주는 링거액과 거의 가깝게 만든 것이 바로 우리 회사 화장수다.

화장품을 바르면 각질에 스며든다. 여러 겹의 방어막이 있어서 진피까지는 들어가지 못한다. 그림에서 보는 것처럼 피부 표피는 4층으로 되어 있다. 제일 위가 각질층이고 그 밑이 과립층, 그 다음이 유극층이고 바로 밑이 기저층이다. 이 4층이 0.1mm ~ 0.2mm이고 그 밑에 진피, 지방조직, 모세혈관이 있다.

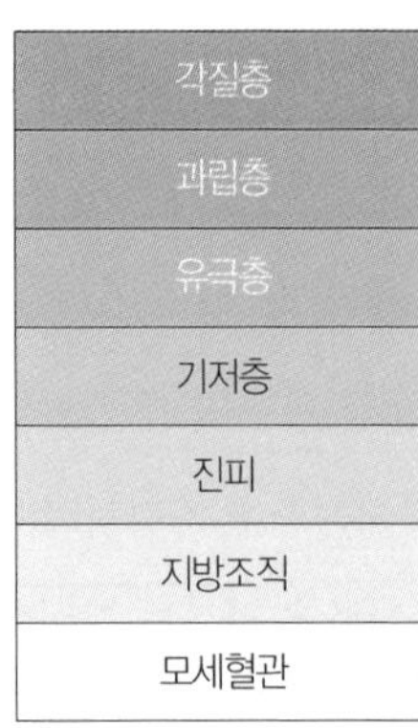

각질층
과립층
유극층
기저층
진피
지방조직
모세혈관

피부는 여러 층으로 구성돼 있다.

피부는 모세혈관에서 양분을 받고 기저층의 세포가 세포분열을 한 후 유극층으로 올라와 과립층으로 오면 그 세포 안의 핵이 밀려 나온다. 모세혈관에서 자꾸 멀어지니까 양분을 받지 못하기 때문이다. 핵이 밀려나오면 각질이 피부를 보호하기 위해 14층의 각질층을 만든다. 그리고 14일이 지나면 때가 되어 자연스럽게 떨어지고, 또 밑에서 새로운 각질이 나오고 또 나오고를 반복한다. 그게 피부의 생리인데 14일 지나면 떨어지고 또 14일 지나면 돋아나길 반복한다. 그렇게 되풀이되며 28일 주기가 정확히 지켜지는 피부는 건강한 피부다. 그런데도 불구하고 28일이 되기도 전에 때처럼 느껴진다고 밀어 내는 사람은 각질에 손상을 입히는 것이다.

각질을 깎아 내면 만질만질해져서 피부가 굉장히 좋아지는 것처럼 느껴진다. 하지만 그건 착각이다. 박피로 인해 오히려 기미가 더 진하게 생긴다. 각질을 그런 식으로 떼어 내는 건, 새로 집을 짓고 기왓장을 뜯어내는 것과 마찬가지다. 각질은 피부를 보호하기 위해 있다. 그것을 억지로 깎아 내니까 자외선이 진피까지 뚫고 들어간다. 각질층이 있으면 밑에서 올라오는 기름과 수분으로 보습이 되는데, 이런 식으로 각질층을 제거해 버리면 전부 증발해서 아주 거친 피부가 되고 만다. 그러니까 절대로 박피를 해서는 안 된다.

박피가 피부에 얼마나 해를 입히는지는 피부과 의사들이 더 잘 알고 있다. 그럼에도 박피를 마다하지 않는 다면 단순히 돈벌이에 혈안이 되어 있음을 명심하자. 그것은 돈 받고 피부를 상하게 하는 비양심적인 행위다. 박피는 물론 어떤 식으로든, 예를 들면 케미컬 크림 사용 등, 각질층에 손상을 주어선 안 된다. 이런 행위로 오히려 기미가 더 진하게 생긴다. 사실 서양인은 지방이 두꺼워서 한두 번 정도 박피해도 괜찮다. 하지만 동양인은 지방이 얇기 때문에 박피를 하면 문제가 생길 수밖에 없다.

각질 14층이 다 형성되어 있는 건강한 피부는 기저층에 있는 멜라닌색소가 위로 올라오지 않는다. 그러나 각질층이 깎이고 화장품으로 인해 손상되면 멜라닌색소가 표피로 올라오게 된다. 즉, 진피를 보호하기 위해 멜라닌색소가 올라오는 것인데, 이것이 바로 기미다. 자외선을 쬐면 멜라닌색소가 자외선을 흡수해서 피부에 해가 안 가도록 보호하는 역할을 한다. 유리창에 햇빛이 비치면 커튼을 치는 것과 같은 역할을 멜라닌색소가 하는 것이다. 그러니까 각질이 건강하지 못한 사람은 어쩔 수 없이 기미가 올라오게 된다. 피부를 보호하기 위한 피부의 생리작용이다. 각질 14층이 정확하게 형성돼서 건강한 피부가 되면 자연히 멜라닌색소는 자기 본질로 되돌아간다. 이처럼 우리 몸은 정밀한 기계와도 같다. 이렇게 피부 생리를 조금만 공부하면 자신에게 맞는 좋은 제품으로 피부를 보다 아름답게 유지할 수 있다.

3. 피부는 혈액순환이 가장 중요하다

한국은 습도가 낮은 편이라서 크림이나 나이트크림을 많이 발라도 늘 피부가 땅긴다. 그렇다면 왜 화장품을 발라도 피부가 땅길까? 이유는 간단하다. 보습은 기름이 아니고 수분이기 때문이다. 피부가 필요한 건 수분인데 자꾸 유분을 주니까 번들거리기만 하고 아무 소용이 없는 것이다.

일본에서는 동북쪽으로 갈수록 여자들의 피부가 아름답다. 동쪽으로 갈수록 습도가 높아지기 때문이다. 예전에 NHK에서 이런 방송을 한 적이 있다. "동북쪽에 있는 아키타 현에 사는 여성들이 도쿄, 교토, 고베로 여행을 하는데, 아래 지방으로 내려올수록 피부가 땅겼다고 한다."

피부를 아름답게 유지해 주는 것은 기름이 아니다. 기름은 바르면 바를수록 피부를 건조시킨다. 피부를 진짜 아름답게 하는 것은 물이다. 물을 많이 마시고 얼굴에 수분화장품을 바르라는 것도 다 그런 연유에서다. 수분 없이는 혈액순환도 제대로 되지 않는다. 매개체로서 혈액이 응고되지 않고 잘 돌도록 해주는 게 수분의 역할이다. 그러므로 수분이 절대 필요하고, 수분이 충분해야만 혈액순환이 잘 된다는 걸 반드시 알아야 한다.

모든 세포는 신경의 명령을 받는다. 신경과 신경이 서로 정보를 교환함으로써 세포가 활성화된다는 것도 꼭 알아야 할 피부상식이다. 피부는 수분(땀)과 피지(유분)를 배설하고 약간의 해독기능도 갖고 있다. 그렇기에 화장품을 도포해도 피부가 아름다워진다는 기대는 하지 않는 것이 좋다. 왜냐하면 피부는 배설기관이지 흡수기관이 아니기 때문이다. 설령 어느 정도 흡수된다 해도 각질층까지만 흡수된다.

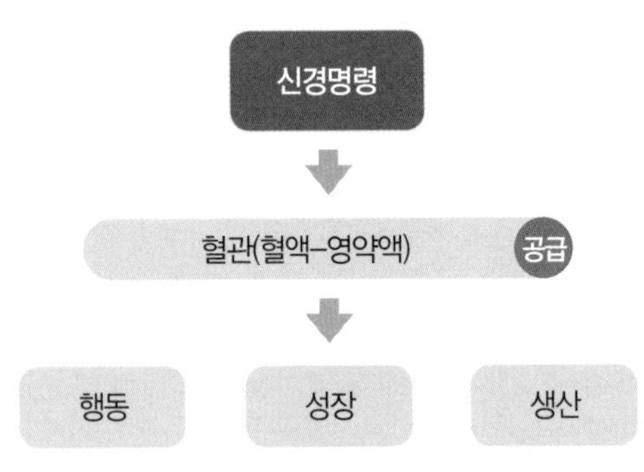

모든 세포는 신경의 명령을 받는다.

따라서 피부가 좋아지려면 화장품이 아니라 혈액순환이 잘 돼야 한다. 그게 키포인트다. 나이가 들어도 피부가 매끈하고 소녀처럼 뽀얗고 홍조 띤 사람들은 피부를 못살게 굴지 않는다. 몸속의 기관들에 혈액이 잘 돌게 되면 피부는 자연히 고와진다. 그림에서 보는 것처럼 고운 피부를 유지하려면 몸속 기관이 원활하게 돌아가야 한다. 그리고 몸속 기관이 활발하게 돌아가게 하려면 건강한 식생활이 절대적으로 필요하다. 그래야 윤기 있고 아름다운 피부를 만들 수 있다.

우리 몸에는 약 60조에서 80조의 세포가 있다. 그 세포의 활력소인 물은 인체의 70%를 구성한다. 이 물이 중매역할을 해서 혈액이 혈관을 통해 인체의 각 기관에 영양을 공급한다. 물은 단지 수분의 역할만을 하는 것이 아니라 혈액을 이동시키는 기능을 한다. 그리고 이러한 역할을 가능하도록 하는 모든 것이 우리가 하루 세 번씩 하는 식사의 영양밸런스에 있다.

영양이 들어 있는 크림이니까 영양크림이라고 하겠지만 피부가 배설기관이라는 걸 알고 나면 그렇게 맹신할 게 못된다. 피부는 한마디로 말해 껍데기다. 발라서 해결되는 게 아니다. 단지 피부를 달래기 위한 임시방편으로 화장품을 발라야 한다는 것을 알아야 한다.

누차 얘기했듯이 아름다운 피부의 첫째 조건은 혈액순환이다. 혈액순환은 식생활도 잘해야 되지만 물도 정말 중요하다. 물은 혈액을 운반하는 역할을 하기 때문이다. 아무리 비싼 크림을 발라도 절대 피부에 좋은 게 아니다. 비싸면 잘 팔린다니까 고가로 파는 화장품이 많다. 그것도 모르고 광고에 현혹되어 덜컥 사버리는 사람들도 많다. 옷은 질이 좋으면 비싸지만 화장품은 꼭 그렇지 않다.

20여 년 전 일본에 있는 우리 회사로 20대 중반의 한국여성이 연수를 온 적이 있었다. 내가 연수 기간 동안 화장을 쉬어 보라고 했더니, 얼마 지나지 않아 뾰루지가 생겼다. 그래서 자세히 얼굴을 살펴보니까 피부가 엉망이었다. 게다가 20대임에도 불구하고 피부 나이는 40대로 나왔다. 황당한 결과에 나는 물론 본인도 무척 당황했다. 그녀는 3개월에 한 번씩 피부과에 가서 박피를 했으며, 그 위에 각종 화장품을 바르고 또 발랐다고 했다. 결국 가장 나쁜 방법으로 건강했던 피부를 망쳤던 것이다. 그런 피부는 화장하면 잠시 예뻐 보일지 몰라도 바로 노화가 진행될 피부다. 화장하지 않으면 누렇게 떠버리는 피부가 되는 것이다.

나는 그녀를 우리 집에 데리고 있으면서 피부 생리에 대해서 알려 주고, 피부 관리실에서 충분한 경험을 쌓을 수 있게 배려해 주었다. 그렇게 2주가 지나 한국으로 돌아가면서 그녀는 그동안 피부에 대해 너무 몰랐음을 깊이 깨달았다고 말했다.

인체조직과 생리를 공부하면 할수록 그 신비함에 깜짝 놀랄 때가 많다. 인체의 조직도 인간들의 사회처럼 조직화되어 있다. 몸속에 이물질이 들어오면 그것에 맞서 물리치는 군대가 있다. 그것이 어떤 적인지 조사하는 경찰이 있으며, 그 적에게 이길 수 있도록 무기를 만들기도 한다. 우리 몸속에 들어오는 세균과 이물질에 대응하는 무기는 전부 오더메이드개별적인 주문을 받아 제조이다. 이 무기가 완성되면 다음에 같은 바이러스와 이물질이 침입해 와도 일망타진으로 잡아낼 수 있다. 이것이 면역조직체이며 이런 시스템이 작동하고 있는 한 우리는 쉽게 병에 걸리지 않는다.

그러나 사람에 따라서 같은 방법을 취해도 심한 트러블을 일으키고, 그 안에서 유해물질이 유출될 수 있다. 알레르기를 일으키는 유해물질의 대표적인 것이 히스타민과 세로토닌이다. 알레르기를 일으키기 쉬운 이물질은 실내 먼지나 꽃가루, 화장품, 동물의 비듬, 살충제 등에서 나오는 흡입성 항원과 우유, 달걀, 밀, 메밀, 호두, 생선, 육류, 귤, 딸기, 바나나, 겨자 등에서 나오는 식이성 항원이 있다. 이 외에 바이러스, 진균에서 나오는 감염성 항원이 있다. 특히 우리가 꼭 기억해야 할 것으로 접촉성 항원을 들 수 있다. 바로 이 접촉성 항원이 약물, 화학물질, 바르는 화장품, 의류, 항생물질, 진통제, 해열제, 곤충 등에서 비롯되는 항원이다. 화학물질뿐만 아니라 몸에 바르는 화장품과 샴푸, 린스, 화학세제로 세탁한 옷 등이 알레르기를 유발시키고 저항력을 약화시키는 주범이 될 수 있다는 얘기다.

이제 더 이상 자신의 피부를 혹사시키고 싶지 않다면 외적인 치장에 너무 현혹되지 말아야 한다. 비싼 화장품과 휘황찬란한 미용시설에 눈독 들기 전에 내 피부상태를 먼저 알아야 하고, 그에 맞는 방법을 찾는 것이 진짜 피부 미인의 시작이다.

화장은 해도 안 한 것처럼 안 해도 한 것처럼 자연스럽게 보여야 한다. 항상 화장 속에 묻혀 살면 피부는 빨리 노화된다. 피부는 휴식이 가장 효과적이다. 화장을 지우고 나면 누구인지 알아볼 수 없는 사람은 피부가 화장 속에서 울고 있다는 것을 명심해야 한다.

4. 화학물질은 피부의 적

계절별로 화장품을 바꿔가며 발라야 하는 것은 아니다. 그런데도 화장품 회사는 여름 스킨이니, 가을 크림이니 하면서 소비자를 유혹한다. 이는 한마디로 화장품을 팔기 위한 술책이다. 피부 생리를 화장품으로 조절할 수 없다. 우리 인체와 피부 생리는 피부 자체가 계절이 바뀌는 것에 적응하도록 되어 있다. 그럼에도 화장품 회사에서는 계절 화장품을 팔아보려 안간힘을 쓴다.

예를 들어 여름 화장수에는 알코올이 포함돼 있다. 이걸 얼굴에 바르면 알코올이 발산하면서 시원한 느낌이 들게 한다. 이처럼 계절적 특징을 이용해 여성들이 계절 화장품에 관심을 갖도록 만든다. 하지만 이것도 그저 기분일 뿐, 화장품 자체에 특별한 계절 조절 기능이 있는 건 아니다. TV와 잡지에서도 너나할 것 없이 영양크림과 고급크림을 바르면 영양이 전부 피부에 스며들어 금방 피부 미인이 될 것처럼 선전한다. 그러나 피부 세포는 화장품에서 양분을 받는 게 아니다. 흡수한다 하더라도 각질층까지만 전해진다. 이는 수박을 하루 종일 물에 띄워 놔도 그 속으로는 물이 스며들지 않는 이치와 같다.

우리는 저마다 자연크림을 피부 속에 다 갖고 있기 때문에 조금만 보충해 준다는 생각으로 써야 한다. 하지만 대부분의 사람들은 많이 바르면 좋은 줄 안다. 그래서 스킨 바르고, 로션 바르고, 비타민크림 바르고, 영양크림 바르고, 에센스 바르고, 또 그 위에다 피부톤 정리해 주는 거 바르고… 끝이 없다.

화장품의 유해성분으로 케미컬(석유화학)을 무시할 수 없다. 케미컬은 몸에 좋지 않다. 술을 안 마셔도 간 기능이 나쁜 사람이 있다. 술 마시고 간 기능이 저하된 것은 술을 끊으면 나아질 수 있지만, 케미컬이 몸 속으로 들어가서 간이 나빠지는 것은 어찌할 도리가 없다. 또한 케미컬은 몸속에 들어가면 분해되지 않고 쌓인다. 그럼 건강에 악영향을 미치고, 심한 경우 암에 걸려 서서히 죽음의 길로 향하게 만든다. 이런 것도 모른 채 화장품은 무조건 많이 바르면 좋다고 생각하는 것이 얼마나 어리석은 것인지 알아야 한다.

화장품 회사들은 돈을 벌어야 하니까 화장품을 과하게 바르라고 자꾸 권한다. 이는 예뻐지고 싶은 여성의 심리를 악용하는 것임을 명심해야 한다. 얼굴에 기름기가 많아서 고민이던 지인도 내가 권하는 식으로 했더니, 지금은 누가 봐도 예쁜 피부를 지녔다는 말을 들을 정도로 맑아졌다. 여자에게 피부가 얼마나 중요한지는 피부가 달라져 봐야 안다.

화장품 회사들은 갖가지 기능성 화장품으로 여성들을 유혹한다. 하지만 알고 보면 메이크업 베이스도 필요 없다. 화장을 지속시켜 준다고? 과연 그거 더 바른다고 화장이 오래 지속될까? 피부 상태도 체크하지 않고 무조건 바르라고만 한다. 그럼에도 여성들은 광고에 세뇌되어 그렇게 하지 않으면 안 된다고 생각한다.

클렌징도 마찬가지다. 한국은 물이 좋아서 가볍게 세안해도 잘 씻긴다. 나는 샤워할 때도 일주일에 사흘만 비누를 쓴다. 땀을 많이 흘린 날이나 이틀 동안 비누를 안 썼다든가 할 때 비누칠을 한다. 비누칠을 매일 하면 피부가 건조해질 수밖에 없다. 반면 서양은 물에 알칼리성분이 많아 비누로 씻어도 거품이 잘 나지 않기에 어쩔 수 없이 클렌징을 써야 한다. 입술과 눈썹용도 따로 있어서 그것으로 지우다보니 입술이 하얗게 된 여자도 있다. 오죽하면 남자들이 퇴근해서 집에 들어가면 아내가 귀신같다고 했겠는가. 하도 화장품으로 닦아대니까 입술색이 바래서 병자나 귀신같다고 하는 것이다.

화장품 성분 자체가 유성이니까 기름때는 기름으로 벗겨야 한다는 게 대부분 화장품 회사들의 주장이다. 그래서 화상을 진하게 한 후 깨끗하게 지운다고 클렌징 오일로 문지르고 또 클렌징 폼으로 비벼서 물로 닦고. 그러니 피부가 남아나겠는가. 이런 점을 잘 알고 화장품에 대해 새롭게 바라보는 지혜가 필요하다.

피부와 화장품

1. 피부 구조와 기능

우리들의 피부는 천연크림피지막으로 보호되고 있다. 아름다움의 출발점은 건강한 신체이다. 건강한 몸은 깨끗한 혈액이 잘 순환되고 피부와 머리카락에 충분한 영양을 공급해 주어 건강미로 빛나게 만든다. 피부는 표피의 기저층에서 혈액을 공급받아 끊임없이 새로운 세포가 만들어진다. 건강한 피부일수록 영양공급이 좋으므로 활발하게 세포가 생성될 것이다. 이렇게 만들어진 세포들은 점차 위로 올라가 14일 정도가 지나면 세포핵이 빠지면서 각질층이 된다. 14~20층 정도의 각질층은 피부보호를 충실히 하다가 14일 정도 지나면서 한 겹씩 벗겨져 나가며 그 역할을 다한다. 그리고 피부 표면에서 분비되는 땀과 피지가 혼합되어 각질 표면에 천연크림을 형성해 피부의 중요한 방어막 역할을 한다.

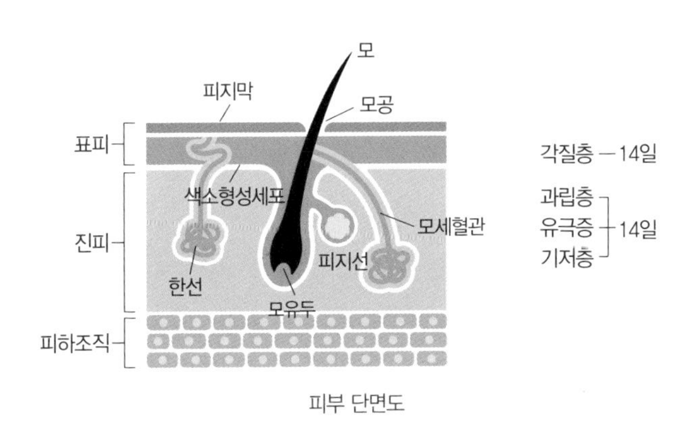

피부 단면도

이 방어막은 약산성이며 자외선이나 여러 가지 공해물질과 세균으로부터 피부를 보호한다. 신진대사가 활발하여 이러한 케라틴화keratinization가 원활할 때 가장 보기 좋은 상태의 피부가 된다. 그러나 우리 생활 속에는 피부 보호막을 파괴하는 여러 가지 요인들이 있는데 그중 하나가 잘못된 화장품 사용이다. 우리 몸은 머리에서 발끝까지 세포로 구성되어 있고, 그 숫자는 60~80조 개이다. 물론 피부 또한 세포이다.

피부는 표피, 진피, 피하조직의 3단계로 되어 있다. 이 중 표피는 1/2000mm 정도다. 피하조직은 지방과 정맥 동맥을 통해 피부표면에 영양을 공급하고 피부조직의 노폐물을 체외에 배출한다. 이와 같이 피부는 혈관으로부터 영양을 공급받아 세포분열을 하는 신진대사를 되풀이한다.

진피에는 모세혈관이 망과 같이 있어 피하조직의 동맥 정맥과 연결되어 있다. 거기에 한선과 피지선이 있어 땀과 피지를 표피에 내보내어 피부표면 각질층의 상재균생체의 특정 부위에 정상적으로 존재하는 세균이 배출된 땀과 피지를 유화해서 약산성의 피지막을 만든다. 이 피지막은 자외선을 차단하고 피부트러블을 유발하는 세균을 살균한다. 약산성의 피지막이 우리 피부의 천연크림인 것이다. 이처럼 각질은 우리 몸에서 매우 중요한 역할을 담당한다. 그러므로 체내에서 분비된 피지막으로 피부 보습을 유지하고 살균작용과 썬크림 역할을 해주는 각질을 제거하면 안 된다는 것을 깨달았으면 좋겠다.

세포의 유일한 영양분은 체액 즉 간질액이다. 그렇다 보니 영양크림

속에 콜라겐, 보톡스, 히알루론산, 각종 비타민을 아무리 첨가해도 배설 기관인 피부가 영양을 흡수하지 못한다. 또한 자연성분을 첨가했다고 해도 방부제, 산화방지제, 살균제, 향과 색소 등 이 모두가 피부에 유해 물질이라 아름다워지기보다 피부 트러블의 원인이 된다는 것을 깨달아야 한다. 이런 이유로 화장품이 피부에 영양을 공급한다는 것은 소비자를 기만하는 행위다.

① 각질층의 방어막 기능

피부는 외부의 병균이나 여러 가지 물리 화학적인 자극으로부터 보호하는 최대의 장기이다. 그중에서 특히 견고한 단백질과 지질에 의해 1차 방어기능을 담당하고 있는 것이 각질이며, 이것을 각질의 방어막 barrier 기능이라 부른다. 여기서 중요한 것은 각질이 외부자극에 대한 방어막 기능뿐만 아니라 생명유지에 필수적인 체내 수분증발을 막아주는 기능을 한다는 것이다. 피부를 '물질의 출입'이라는 관점에서 단순화하면 다음과 같은 3개 층으로 구성되어 있다.

- 소수층疎水層 수분을 튕겨내는 층 : 표피의 죽은 세포 : 각질
- 친수층親水層 수분을 빨아들이는 층 : 표피의 살아 있는 세포 : 기저층, 과립층
- 혈관층 영양을 공급하는 층 : 진피

② 각질과 세포간 지질

기저층에 있을 때 통통하던 세포는 과립층과 각질층으로 올라오면서 두께가 얇아진다. 각질 세포가 되어가는 과정에서 각각의 세포들은 세포 내의 지질을 밖으로 밀어내어 각질 세포 사이에 지질이 형성된다. 이때 각질 세포의 안쪽은 단백질 섬유로 가득 차게 되는데, 결국 이렇게 생성된 단백질과 지질이 각질층의 방어막 기능을 가능케 하는 것이다. 즉 각질층은 각질과 각질 세포 사이를 메우고 있는 지질로 구성되어 있다. 각질과 지질은 데스모솜desmosome이라는 물질로 강하게 연결되어 있다. 이것을 벽돌 쌓기에 비교하면 벽돌과 모르타르mortar의 관계와 같다고 할 수 있다. 만약 각질 세포 사이에 지질이 없다면 유해물질, 잡균, 자극 등이 우리 몸을 공격할 때 피부는 물론 장기에도 문제가 생길 수 있다.

③ 세라마이드

위에서 언급한 바와 같이 각질층의 세포와 세포 사이에는 다중 지질이 겹쳐 있어서 각질을 견고하게 유지시키고 있다. 이 지질의 성분을 살펴보자면, 우선 50% 이상 차지하는 것이 세라마이드ceramide로 가장 많고 콜레스테롤이 25% 유리지방산free fatty acid이 15% 유산硫酸 콜레스테롤 5% 그리고 기타 성분으로 구성되어 있다. 앞서 각질층의 방어막 기능을 언급했는데 방어막 기능에는 외부의 기능과 내부의 기능이 있다. 즉 물질을 밖에서 들어오지 못하게 하는 작용과 더불어 체내에서 밖으로 내보내지 않는 작용도 하고 있는 것이다.

최근 피부 방어막 기능 검사실험을 통해 체외에서 도포되어 체내로 흡수되는 포도당이 체내에서 밖으로 배출되는 포도당에 비해 2~3배 높다는 것을 알게 되었다. 이것은 바로 각질의 방어막은 체내의 귀중한 물질을 외부에 내보내지 않으려는 기능이 체내에 침입하는 물질을 방어하는 기능보다 훨씬 높다는 것을 증명한다. 이 기능 덕분에 피부에 보습이 이루어지고 있는 것이므로 매우 중요하다.

④ 피부 세포 활성 미용법

모든 생명은 세포와 세포간 물질교환으로 이루어지고, 이것은 이온화된 상태에서 행해진다. 어떤 생명체든 체내에서 적절한 전해질 농도를 유지하고 있어야 한다. 그리고 모든 +이온과 -이온의 양은 같도록 조절되어 있다. 이것을 전해질 밸런스라고 한다.

세포의 영양원인 간질액은 +이온과 －이온으로 전기적으로 분해되어 있나. 즉 전해질로 되어 있는 것이다. 그렇다면 세포는 어떤 방법으로 영양분을 흡수하는가? 세포는 뚜렷한 입구도 출구도 없이 세포막 자체가 반투막으로써 출입구 역할을 한다. 세포가 물질교환을 하는 방법 중 중요한 한 가지는 바로 세포막 전체가 삼투압작용으로 양분을 침투

시키는 방법이다. 이것을 삼투압 현상이라고 한다. 간질액의 전해질 밸런스는 이 삼투압을 유지하는 데 중요한 역할을 한다.

산소와 영양분을 머금은 동맥은 모세혈관으로 연결되고 반투막의 역할을 하는 모세혈관 벽을 통해 간질액과의 물질교환이 이루어진 다음 정맥을 통하여 심장과 폐로 간다. 영양분을 받은 간질액은 다시 세포와 물질교환을 함으로써 세포에 영양을 공급하고 노폐물을 받아낸다. 이 과정에서 삼투압은 중요한 운반수단이 된다. 즉 공급 모세혈관 부분에서는 혈장이 간질액으로 나오고 흡수 모세혈관 쪽에서는 간질액에서 모세혈관으로 도로 들어간다.

이 사이클이 한 순간도 쉬지 않고 순환된다. 만약 이것이 중지된다면 영면에 들어가는 것이다. 전해질 밸런스와 삼투압 밸런스를 유지함으로써 신진대사가 한층 더 좋아지고 세포가 활성화되어 자연치유력이 증가한다. 이 원리를 응용하여 개발된 것이 피부활성 미용법이며 이는 한 차원 높은 기술이라 할 것이다.

2. 피부와 화장품

과학발전으로 화장품 제조기술도 발달했지만 그렇다고 옛날에 비해 여성들의 피부가 월등히 아름다워졌다고 생각하는 사람은 드물다. 화장품은 현대인의 필수품이 되었지만 화장품으로 인한 피해 역시 속출하고 있다. 이유가 뭘까? 그건 바로 화장품이 대개 피부에 이롭지 않은 화학물질로 제조되었기 때문이다. 고급 화장품도 마찬가지다. 오랫동안 비싼 화장품을 애용한 여성들을 보라. 화장을 지우면 알아보기도 어려운 사람들이 드물지 않은 것이 현실이다. 아침저녁으로 열심히 화장하는 여성이 화장하지 않는 남성보다 더 많은 피부 문제를 가지고 있다는 사실은 화장품에 거는 소비자들의 기대가 얼마나 허무한가를 여실히 보여준다.

그러나 대중매체는 소비자들의 눈과 귀를 막는다. 화장품 광고시장은 그만큼 막대하고 그 힘 또한 대단하여 고급 화장품의 진실을 가리기에 충분한 것일지도 모른다. 다양하고 새로운 미용기기들이 개발되고 있는 현실을 감안하면 모름지기 우리 피부는 옛날보다 월등히 좋아졌어야 되는 것이 아닌가? 과연 그런가? 나는 수십 년 동안 피부 관리실에서 온갖 기기들을 이용해 관리 받는 사람들을 수도 없이 보아왔지만, 시간이 지날수록 맑고 탄력 있는 피부를 갖게 되는 사례는 아직 보지 못했다.

피부에 대한 관심이 어느 때보다 높은 요즘, 많은 사람들이 피부가 좋아지는 일이라면 무엇이라도 마다하지 않겠다고 한다. 그러나 피부 생리에 대한 기본 상식이 없는 한 평생 자신의 소중한 피부를 고생시키고 노화만 촉진시킨다. 화장품과 피부 생리에 대한 올바른 상식만 있어도 아름다운 피부를 가지게 됨은 물론 건강까지도 더불어 좋아지게 됨을 알아야 한다.

아름다운 피부는 화장품이나 미용기기를 통하여 얻을 수 있는 것이 아니다. 우리 몸은 기계가 아니고 살아있는 생명체이기 때문에 표면만 닦고 문지르면 일시적으로 매끈매끈해질지언정 피부 자체가 아름다워지는 것은 아니다. 아름다움은 몸속으로부터 나온다. 그럼에도 불구하고 이를 잘 모르고 유수분의 밸런스를 맞춘답시고 대부분 유성 원료의 화장품을 사용하고 있다.

외부로부터 끊임없이 공급되는 기름화장품은 피지선의 기능을 위축시키고 자연피지의 분비를 둔화시키기 때문에 피부가 점점 건성이 되어가는 원인을 제공한다. 수분이 아닌 기름으로 보습을 한 결과이다. 세안을 한 뒤 아무 것도 바르지 않고 있어 보라. 만약 얼굴이 땅긴다면 당신의 피부는 피지분비가 원활하지 못한 비정상 상태이다. 이는 지금껏 사용하고 있는 화장품이 피부기능을 방해하고 있는 탓이다. 세안 후 아무 것도 바르지 않아도 피부가 땅기지 않는 것은 인체의 고유한 기능을 방해하지 않고 오히려 정상으로 되돌아온 때문이다.

원료를 사용한 화장품에는 계면활성제와 산화방지제를 첨가해야 한다. 이들 원료는 피부를 거칠게 만들고 간에 부담을 주는 등 여러 가지 면에서 인체에 이로운 물질이 결코 아니다. 또한 색소나 향료, 알코올

등도 마찬가지다. 이들을 무분별하게 사용하였을 때 우리 피부는 소중한 보호막인 각질과 피지막이 손상을 받아 자기방어력이 현저히 떨어지게 된다. 그로 인해 조그마한 외부의 자극에도 견디지 못하고 트러블을 일으키는 문제성 피부가 될 수 있다. 안타깝게도 문제성 피부를 가진 사람들 대부분이 스스로 그렇게 만드는 것이라 볼 수 있다. 이처럼 현대인들은 대부분 자신의 피부를 혹사시키고 있다.

우리 피부에 필요한 것은 휴식이다. 피부도 쉼이 필요하다. 스스로 자연치유력을 회복시키는 것이 필수이다. 더 이상 피부를 혹사시키고 싶지 않다면 외적인 치장에 너무 현혹되지 말아야 한다. 비싼 화장품과 호사스런 미용시설에 눈길을 주기 전에 자신의 피부상태를 먼저 꼼꼼히 살펴보자. 그리고 필수적인 화장만 하자. 화장품 속에 묻혀 살면 피부는 빨리 노화된다. 피부가 원하는 것을 제공하면 피부는 생동감 있고 밝아지게 되어 있다. 충분한 수면과 정신적 안정, 영양균형이 이루어진 식생활과 적당한 운동 이 네 가지가 그것이다. 이것이 아름다움의 기본임을 명심해야 한다!

피부 관리도 피부 세포의 자연치유력을 회복시키는 것에 초점을 맞춰야 하고, 피부 관리사는 어떤 화장품이 피부에 이롭고 어떤 관리기법이 어떤 원리로 어떻게 영향을 미치는지 알아야 한다. 이를 위해 당연히 공부하는 자세가 필요하다. 화장품이나 미용기기는 아름다운 피부의 주인공이 아니다. 아름다운 피부는 생명의 약동이다.

일반적인 화장품의 성분과 인체에 미치는 영향

성분	기능	역기능
물	보습 성분	-
오일	감촉, 성분용해	변색 냄새, 피지선 기능위축, 기미
계면활성제	유화작용, 성분용해	탈지방, 피부 거칠어짐, 습진, 기미, 간장 장애
산화방지제	산화방지	피부자극, 발암논란, 성호르몬 감소, 신경계통 이상, 종 장애유발, 기미
알코올	시원한 느낌, 성분 용해	피부 건조, 피부 거칠어짐, 탈모
색소	색상	중금속(수은, 납, 크롬)
향료	원료 냄새 중화, 향기	알레르기, 피부 변색
방부제, 살균제	살균, 보존 작용	피부염, 간 기능 악화 등

① 자외선 차단제

자외선은 건조함과 함께 피부에 악영향을 미치는 요인 중 하나다. 하지만 자외선 못지않게 자외선 차단제도 주의해야 한다. 소위 피부전문가들이 계절마다 자외선 차단에 대한 여러 가지 방법을 열심히 알려 주지만 한마디로 말하면 자외선 차단제를 듬뿍 바르라는 것과 잊지 말고 자주 바르라는 것이다. 그런데 안심하고 듬뿍 바를 만큼 안전한지는 아무도 얘기하지를 않으니 이 기회에 잠깐 살펴보기로 하자.

자외선 차단에는 화학적인 흡수제와 물리적인 난반사亂反射제를 사용하는 방법이 있다. 시중의 대부분의 차단제는 흡수제이며 이는 모두 벤젠 고리를 가진 유기화합물이다. 수십 가지 물질 중 PABA 유도체, 살리실산Salicylic acid 유도체, 벤조페논Benzophenone 등이 대표적으로 사용되는데 이들은 자외선의 짧은 파장을 흡수하는 기능을 가지고 있다. 그러나 이 물질들은 대개 표시성분이며 독성을 지니고 있다. 여기에 오일과 유화제, 산화방지제로 범벅이 된 썬블록 크림을 매일 얼굴에 바르면서 피부가 맑아지기를 어찌 기대하겠는가?

나는 이런 자외선 차단제를 사용하느니 차라리 아무 것도 쓰지 않는 것이 낫다고 생각한다. 알레르기나 기미 등 피부 트러블을 일으킬 수 있는 제품이어서 조금만 사용하고 싶지만 천만에, 계속 덧발라야 한단다. 어떻게 하면 좋을까? 여기에 대한 해답은 '물리적인 차단 방법'이다. 물리적인 차단 방법이란 햇볕을 막아서 반사하는 여러 가지 작업이다. 즉 양산이나 모자, 선글라스, 긴팔 옷 등의 적절한 이용과 함께 자외선 차단제도 물리적인 난반사제를 사용하는 것이다.

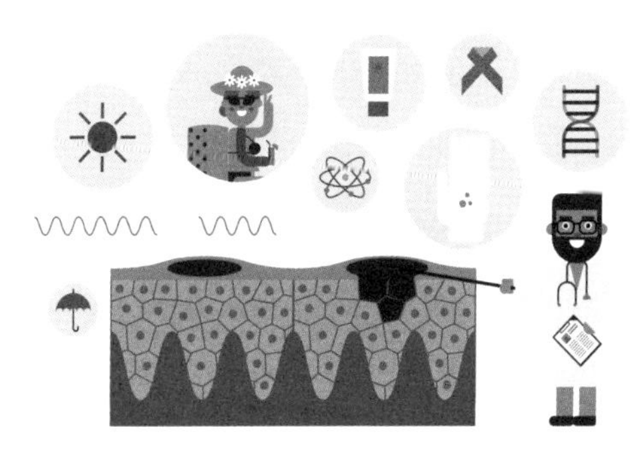

② 비누

비누는 알칼리성(피부는 약산성)이고 탈지력이 강하기 때문에 향이나 색소, 합성세제, 방부제 등이 첨가되지 않은 것이라면 몸을 씻는 용도로 훌륭한 세정제라고 본다. 최근에는 베이비 비누나 약용 비누와 식물성 비누 등의 제품들이 판매되고 있지만 별 의미는 없다. 내가 비누를 고르는 기준은 향을 비롯한 첨가물 유무이다. 첨가물이 없는 비누라야 안심하고 사용할 수 있다. 특히 표시 성분이 있는 것은 가급적 피하는 것이 좋다. 이는 액체 형태의 비누인 바디 워시도 마찬가지다.

③ 샴푸

시중에는 매우 다양한 종류의 샴푸가 있다. 단언컨대 여러분은 한 가지 샴푸만 지속해서 사용하고 있지 않을 것이다. 비듬, 가려움, 머리카락 손상 등의 문제가 제대로 개선되지 않아 현재 사용 중인 샴푸에 만족하지 못할 것이다.

두피도 피부의 일부이고 특히 얼굴 피부와 바로 연결되어 있으므로 얼굴 피부와 똑같이 주의를 기울여야 한다. 그러므로 배합성분은 매우 중요하며 그 중에도 가장 중요한 것이 바로 계면활성제다. 계면활성제란 유화, 기포 세정, 살균, 정전기 방지, 유연, 용해, 침투 등의 작용을 하는데 샴푸뿐만 아니라 주방세제와 의류세제 등 다양하게 쓰이며, 대부분 합성세제로 만들어진다. 물론 안정성이 높은 계면활성제도 있지만 고가이기 때문에 시중에 나오는 대부분의 세정제들은 석유로 만들어진 저렴한 계면활성제를 사용하고 있는 실정이다. 그렇기에 설거지를 할 때도 장갑을 끼게 되고, 이것이 분해되지 않은 채 바다로 흘러 들어감으로 생선도 맘 놓고 먹기가 꺼려지는 것이다.

• 석유로 만들어진 계면활성제는 어떤 작용을 하는 것일까?

– 침투작용 : 지방을 용해하고 피부 세포 내에 침입한다.
– 단백질 변성작용 : 피부 세포에 상처를 주고 알레르기를 발생시킨다.
– 잔류성, 비분해성 : 수십 번을 헹구어도 피부에 잔류하여 비듬, 가려움, 탈모 등 갖가지 피부트러블 일으키고 분해도 쉽지 않아서 환경을 오염시킨다.

• 좋은 샴푸를 고를 때는 무엇을 살펴야 할까?

– 배합성분이 무엇인가?
– 린스가 필요 없는 샴푸. 그리고 린스가 섞여 있지 않은 샴푸라야 한다.
– 향이 없어야 한다. 충분히 헹궜는데도 향이 난다면 합성향료이기 때문에 쓰지 않는 게 좋다.

• 올바른 샴푸법은 어떻게 하는 것일까?

– 샴푸하기 전에 충분히 빗질을 해주면 좋다. 두피가 상하지 않게 돼지털로 만든 빗이 가장 좋다. 지압마사지를 하는 것도 좋다.

– 체온과 비슷한 35~36도 정도의 물로 잘 씻은 후에 손으로 거품을 충분히 낸 다음 캡을 쓴다. 몸을 씻는 동안 그대로 둔 다음 손가락으로 혈점을 충분히 지압한다.

– 두발이 많이 오염되었을 때에는 두 번 씻어 내는 것이 좋다. 두 번째는 샴푸의 양을 첫 번째의 절반으로 하고 완전하게 헹궈 내야 한다. 아무리 무해한 샴푸라도 이물질이 잔류하면 비듬, 가려움, 탈모의 원인이 된다. 그리고 될 수 있으면 머리는 저녁에 감고 드라이기 대신 자연적으로 건조하는 것이 좋다. 머리카락도 얼굴표피와 같이 20%의 습기가 있어야 건강함을 유지할 수 있다.

④ 린스

린스는 오일 성분을 유화할 때 보통 양이온(+) 계면활성제를 사용하여 모발(-)과 이온 결합을 유도해 피지막을 형성함으로써 정전기를 없애 빗질이 잘 되는 정돈된 머릿결을 만들어 줌과 동시에 합성세제에 의해 과도하게 빼앗긴 유분을 보충하는 역할을 한다. 그러나 양이온 계면활성제는 피부에 직접 닿으면 해로운 물질이다. 아무리 잘 헹궈도 두피에는 잔류성분이 남는다. 또한 빼앗긴 유분을 보충한다고 유성성분을 넣었지만, 이것으로 인해 피지 분비는 더욱 감소되고 모공이 막혀 영양공급이 제대로 되지 않는다. 결국 모발이 가늘어지고 탈모가 될 수도 있다.

단순히 정전기를 없애고 일시적으로 윤기 있게 보이려던 것이 모발건강에 치명적이 되는 사례는 참으로 많다. 그 뿐만이 아니다. 모발에 남아 있는 화학물질은 얼굴에 닿아, 직접 닿거나 손을 통해 닿거나, 피부트러블을 일으킨다. 피부트러블 중 많은 부분이 린스에 기인한다는 사실을 모르는 사람이 의외로 많다. 그리고 살균제나 유화제, 향료, 색소, 탈색소제 등의 물질들은 수십 번을 헹구어도 피부에 잔류해 체내에 흡수되며 분해되지 않기 때문에 간 기능에도 나쁜 영향을 미친다. 절대 린스를 사용하지 말자.

3. 피부와 천연 물질

오이나 레몬, 알로에 같은 천연소재들은 피부에 어떤 영향을 미칠까? 피부 미용에 자주 사용되는 식물과 과일에 대해서 알아보자. 피부 관리실에서 자주 접할 수 있는 것이 오이, 레몬, 진흙 등이다. 오이나 레몬 등에 함유된 비타민C가 피부를 희게 한다고 생각하기 쉬우나 사실은 그 효과가 정반대로 나타날 수도 있다. 오이와 레몬은 푸로코르마린이라는 광독성 물질이 함유되어 있어서 햇볕에 쪼이면 기미가 생긴다. 유자, 자몽, 귤 등은 모두 같은 성질을 가지고 있다. 그래서 하루 종일 야외활동을 하는 날에는 귤 종류나 오렌지주스 같은 것을 삼가는 것이 좋다.

알로에는 화상이나 상처에 좋다고 알려져 있는데, 이는 살균효과가 뛰어난 알로인aloin 성분이 있기 때문이다. 하지만 알로인 성분으로 인해 민감한 피부에는 자극이 심할 수 있어 팩으로 사용하지 않는 것이 좋다. 진흙 팩은 하고 나면 피부가 매끈매끈하고 한 겹 벗겨낸 느낌이 들지만 그 비밀은 진흙 속에 혼합된 분해효소 때문이다. 피부의 각질층을 분해하여 일시적으로 아름답게 보일 뿐, 실은 피부를 파괴하고 노화를 촉진시킨다.

천연소재나 자연소재로 팩을 해도 피부를 아름답게 하는 미안법과는 거리가 멀다. 일반적인 팩을 하는 것은 피부의 컨디션을

좋은 방향으로 조절하는 것이 목적이지 그 자체로 영양성분을 준다거나 피부를 아름답게 한다는 것은 허구라는 사실을 알아야 한다. 아무리 천연소재라 하더라도 세포에는 이물질이므로 피부를 손상시킬 수 있음을 기억하자.

4. 화장품의 정의

화장품은 인체를 청결히 하고 미화하여 매력 있는 용모로 바꾸고, 피부 또는 머리카락을 건강하게 유지하기 위한 목적으로 신체에 도포, 산포, 그 외 이와 유사한 방법으로 사용하는 제품으로 인체에 완화한 것을 말한다.

① 스쿠알란과 스쿠알렌의 차이

심해 상어 간장에서 채취된 스쿠알란Squalane의 원료인 스쿠알렌Squalene은 고급 불포화 탄화수소이며 인체의 표피 중에도 지질분의 10% 정도 포함되어 있다. 산화되기 쉬운 스쿠알렌에 수소를 첨가해 포화화합물로 변화시킨 것이 화장품 원료의 스쿠알란이다. 스쿠알란과 스쿠알렌은 비슷한 명칭이지만 전혀 다른 물질이다. 화장품에 사용되는 스쿠알란은 불활성 탄화수소 즉 광물유이다. 광물유는 산화하지 않고 여름과 겨울에도 점도 차이가 거의 없으며 자극이 없어 고급화장품의 이미지로 판매되고 있다.

② 기능성 화장품

화장품은 약품이 아니기 때문에 효과나 효능을 말할 수 없다. 약사법으로 금하고 있기 때문이다. 하지만 기능성 화장품은 다르다. 화장품이면서도 효과와 효능을 광고할 수 있다. 바꾸어 말하면 기능성 화장품은 제조회사가 효과를 말할 수 있는 수단일 뿐이다.

한국은 주름 개선이나 미백 등에 효과가 있는 성분을 함유해야 기능성 화장품이 될 수 있다. 즉 기능성 화상품은 그 몇 가지 성분만 들어가면 그만이다. 그러니 소비자는 명심해야 한다. 기능성 화장품이 부작용을 일으킬 가능성은 일반 화장품보다 더 높다. 즉 기능성 화장품이 안전하다는 보장이 되지 않는 한 기능성이란 말은 제조회사가 상업적으로 이용하는 방법에 불과하다.

암도 이겨 낸 독한 여자

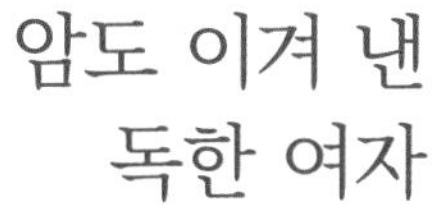

암도 이겨 낸 독한 여자

1. 선생님에서 외판원으로

인생이 어디로 향해 흐를지는 아무도 알 수 없다. 나는 1929년 경상북도 청도군에서 태어나 7살 때인 1935년 부모를 따라 일본으로 갔다. 그리고 교토 시립고등여학교를 3학년 때 중퇴하고 귀국하여 대구에서 사범학교를 나와 초등학교 교사를 했다. 그러다가 한국전쟁이 터진 뒤 남편과 함께 일본으로 왔다. 이후 남편은 교토 한국중고등학교에서 교사를 하였고 나는 강사로 지냈다. 둘 다 교편을 잡았지만 한 끼니를 해결하면 다음 끼니를 걱정해야 할 정도로 가난했다. 하지만 사랑하는 남편이 곁에 있었기에 모든 고난을 함께 나눌 수 있었다.

그렇게 십여 년을 보내던 어느 날 남편이 훌쩍 내 곁을 떠났다. 나는 어린 자식들을 굶기지 않으려고 죽을힘을 다해 뛰어다녀야 했다. 내 나이 38세. 그렇게 시작한 것이 화장품 외판원이다. 그런 일을 전혀 안 해보다가 갑자기 하려니까 정말 싫었다. 화장품 가방을 들고 다니는 자체가 너무 창피했다. 하지만 어린 자식들이 눈에 밟혀 어쩔 도리가 없었다.

모든 일이 그렇듯 한두 달은 굉장히 괴롭고 힘들었다. 포기하고 싶은 마음이 간절했으나 올망졸망한 어린 자식들 눈망울을 보면서 다짐했다. 그래! 이왕 시작한 거 단골이 100명 될 때까지 열심히 해보자! 다음날부터 일단 아는 사람들부터 명단에 올렸다. 그리고 무조건 찾아가서 화장품 외판원을 시작했으니 도와달라고 인사했다. 하지만 내가 아는 집은 한계가 있어서 날마다 초면인 집을 30군데 방문했다. 하루 종일 계단을 오르내리고 주택단지를 돌다보면 어깨가 빠질 듯이 아팠다. 간혹 문을 열어주지 않는 집에는 다음에 필요하면 꼭 연락 달라는 메모와 함께 명함과 샘플을 문고리에 걸어 두었다.

영업에 최선을 다하겠다며 굳게 다짐했건만 단골 20명을 확보하기까지 무척 힘들었다. 하지만 신기하게도 그 이상이 되니까 금세 40명이 되고, 또 어느새 100명을 훌쩍 넘겼다. 그렇게 1년이 가까워지자 일하는 게 굉장히 신이 났다. 당시 대학졸업자 초봉이 1만4천 엔 정도였는데 내 한 달 순이익은 7만 엔이나 되었다. 5만 엔은 저금하고 나머지 2만 엔으로도 충분히 살 수 있는 돈이었다.

나의 고객관리는 철저했다. 화장품을 산 고객에겐 진심으로 깍듯이 대했다. 화장품을 바르고 피부가 나빠졌다고 불평하면 한밤중에라도 뛰어갔다. 지금이야 전문적으로 공부해서 화장품은 많이 바르면 바를수록 문제가 생긴다는 것을 알지만, 영업사원이던 그때는 내가 뭘 알았겠는가. "이거는 기미가 빠지는 거고, 이거는 여드름에 좋은 거고…." 하나하나 회사가 시키는 대로만 열심히 팔았고, 매출이 늘수록 많은 고객들이 부작용으로 고생했다. 뭔가 단단히 잘못된 게 틀림없었다. 나도 화장품에 대해 잘 모르면서 남의 피부를 함부로 관리하는 게 아닌가 하는 의구심이 들기 시작했다.

모든 물건이 다 그렇다. 그것에 대해 내가 100% 신뢰해야 남을 설득시키지 거짓말하면 잘 될 수가 없다. 지금 되돌아보면 그런 힘든 일이 있었기 때문에 오늘날의 내가 있게 된 게 아닌가 싶다. 그렇다. 힘든 일을 겪었기에 지금까지 이렇게 노력하며 살고 있는 것이다.

남한테 물건을 파는 게 그리 쉬운 일이 아니다. 낯선 사람에게 화장품을 바꿔서 쓰게 한다는 것은 굉장히 어려운 일이다. 그래서 부업으로 화장품 영업을 해보려고 왔다가 중도에 포기하는 경우가 대부분이었다. 그러나 난 달랐다. 뭐든지 끝을 봐야 직성이 풀리는 성격도 한몫했지만, 그보다는 생계에 대한 절박함 때문에 더 열심히 했다. 화장품을 팔지 못하면 애들을 굶긴다는 각오로 돌아다녔다.

화장품 영업사원 시절

아침에 화장품을 받고 대리점을 나서면 바로 고객의 집으로 향했다. 오늘은 이만큼 팔겠다는 계획을 세우면 몇 집이든 방문해서 꼭 목표를 채웠다. 그러다보니 나중에는 집집의 가정문제 상담까지 해주게 되었다. 당장 방문할 곳이 많아 마음은 급했지만, 전혀 티를 안 내고 잠자코 들었다. 그럼 그 사람은 그게 고마워서라도 내 단골이 되어 주었다. 자기 말을 잘 들어주고 그 얘기를 다른 사람한테 옮기지 않으니까 얼마나 고맙겠는가. 그렇게 시간이 지날수록 화장품은 엄청나게 팔려나갔고, 어느새 난 대리점에서 1등 영업사원이 되었다.

그런데 이상한 것은 들고나간 화장품을 다 판 날은 그만큼 많이 돌아다녔기에 더 피곤해야 될 텐데, 오히려 전혀 피곤하지 않았다. 반대로 별로 안 팔린 날은 왜 그렇게 피곤하던지. 학생 때 운동회를 생각해 보니 이해가 되었다. 달리기 결승까지 가느라 육체적으로 더 피곤해야 할 텐데 오히려 몸이 더 가뿐했던 기억. 반면 예선에서 지면 온몸이 축 늘어져 버렸던 기억. "그래, 이게 정신적인 문제구나! 그러니까 육체보다 정신이 더 중요한 거야." 그 이치를 깨닫자 아무리 바빠도 힘이 절로 나고 막 콧노래가 나왔다.

병도 마찬가지다. 의사도 포기한 환자가 희망을 버리지 않고 노력해서 기적처럼 낫는 경우가 있다. 하지만 충분히 회복할 수 있는 환자인데도 이러다 죽는 게 아닌가 의심하면 그때부터 나락으로 떨어진다. 그래서 모든 일엔 항상 정신력이 중요하다.

피부도 이처럼 정신적인 면이 중요하기 때문에 '항상 연애해라 항상 행복해라'를 강조하는 것이다. 노래에도 있잖은가. ♬ 사랑을 하면은 예뻐져요~ ♪ 아무리 못생긴 아가씨도 사랑을 하면은 예뻐져요~ ♬

누군가를 사모하고 사랑하고 애절하게 생각하면 호르몬 분비가 왕성해져서 아름다워진다. 상대를 의식해서 몸가짐에 더 관심을 갖고 더 예뻐 보여야겠다는 생각으로 옷도 사 입고, 얼굴도 정성껏 관리하며 애인을 만나니까 예뻐지는 건 당연하다. 만약 연애에 무관심하고 예뻐지는 것도 포기한다면 그때부터 당신은 늙어간다.

그러니까 절대 포기하지 말고 아름다움에 욕심을 부려야 한다. 예순이 되어도 아름다운 건 아름다운 거 아닌가? 달을 보며 애틋함을 느끼고 꽃을 보면 환희에 젖고. 이처럼 멋스럽게 살아야 한다. 모든 것에 감동할 줄 알고 황송하게 느끼는 마음. 이것이 오는 늙음을 막을 수 있는 지름길이다. 그리고 노년이 돼서 새롭게 느끼는 것이 있다. 사람은 끊임없이 배워야 한다는 것이다. 이런 피부 상식도 한글을 아니까 읽을 수 있는 것처럼 사람은 계속 지적인 욕구를 가지고 배워야 얻어지는 게 있다. 모르는 게 약이 아니라 모르면 취약이다.

아무튼 기분이 좋으니까 화장품에 대해 자꾸 깊게 파고들기 시작했다. 그렇게 화장품은 성분만 공부해도 안 되고, 피부 생리만 알아도 안 되고, 영양학부터 공부해야 한다는 걸 알게 되었다. 그리고 무엇보다 몸이 건강해야 피부가 아름다워진다는 진리를 깨달았다. 식생활을 정확하게 하고, 잠을 충분히 자고, 항상 정신적으로 행복해야 한다는 것과 적당한 운동이 필요하다는 것을 깨닫게 되었다.

선생님에서 화장품 외판원이 되었지만, 고통 속에서도 하면 된다는 각오로 임했기에 당당한 내가 될 수 있었다. 스스로 당당해지니까 자신감이 생겼다. 그러니 모든 일이 신나게 잘 풀릴 수밖에. 내게 있어 화장품 외판원 시절은 마음가짐이 사람의 인생에 얼마나 중요한 결과를 가져오는지를 깨우쳐 준 소중한 시간이었다.

2. 가슴 아픈 볶음밥

지금 생각해도 몹시 가슴 아픈 오래된 기억이 하나 있다. 한창 아이들이 무럭무럭 자라던 시절. 볶음밥을 해주려고 냉장고 문을 열었는데 베이컨은커녕 달걀도 없었다. 바빠서 미처 장을 보지 못한 것이 아니라 돈이 다 떨어져서 재료를 사지 못한 것이다. 결국 착잡한 심정으로 프라이팬에 김치를 좀 넣어 볶음밥을 만들고 있었다. 그때 큰애가 내 옆에 오더니 불쑥 "어머니, 볶음밥에는 양배추랑 베이컨이랑 달걀도 들어가야 하는 거 아니에요?"라며 속상한 마음에 불을 질렀다. 그래서 "장을 못 봐서 그러니까 오늘은 그냥 대충 먹자."며 둘러댔다. 하지만 큰애는 계속해서 "그래도 재료가 제대로 들어가야 맛있다."며 자꾸 중얼거렸다.

순간 그 소리에 얼마나 화가 나던지. 안 그래도 제대로 해주지 못해 속상했던 터라 나도 모르게 버럭 소릴 질렀다. "내가 그걸 몰라서 못하니! 그렇게 해서 먹고 싶으면 니가 해!" 그러고는 큰애 머릴 프라이팬으로 때리고 바닥에 던져 버렸다. 잠시 밖에 나가 마음을 추스르고 들어오니까 큰애가 눈물을 뚝뚝 흘리면서 밥을 주워 담아 다시 볶고 있었다. 그 모습이 어찌나 가슴 아프던지. 그날 밤 이불을 뒤집어쓰고 정말 많이 울었다. 아이들이 부모 잘못 만나 고생하는 건 아닌지 너무 미안해서 눈물이 그치지 않았다.

그랬던 큰아들이 각고의 노력 끝에 서울대학교 의대에 합격했다. 그리고 방학을 맞아 일본 집에 와서는 시무룩한 표정을 지으며 이랬다.

"어머니, 제 친구는 의대에 합격했다고 아버지한테서 자동차를 선물 받았어요."

그 말에 난 또 자격지심이 생겨서 딱 잘라 말했다.

"야! 너도 그런 집에서 태어났으면 얼마나 좋겠니? 난 절대 못 사주니까 니가 벌어서 사든 맘대로 해!"

물론 부잣집처럼 턱하고 차를 사줄 수는 없었지만 맘먹으면 할부로 사줄 수는 있었다. 하지만 혈기왕성한 나이에 운전하다가 사고가 날까 싶어 염려되기도 했고, 의대에 들어갔다고 폼 잡고 운전하며 다니는 게 썩 좋아 보이지 않았다. 그런데 지금 우리 아들들은 롤스로이스나 벤츠를 타고 다닌다. 자기들이 돈 벌어서 산 터라 얼마나 잘 관리하며 소중히 다루는지 항상 새 차 같다.

돌이켜보면 우리 애들은 고생을 참 많이 했다. 서울에서 학교 다니다가 방학을 맞아 일본에 오면 매일 16시간씩 돈 벌려고 뛰어다녔다. 옛날부터 귀한 자식은 매로 키우고 미운 자식은 밥으로 키운다고 했다. 그

말이 딱 맞다. 가정교육을 제대로 받은 사람은 남한테 싫은 짓을 절대로 안 한다. 그런 면에서 나는 부모님께 무척 감사하게 생각한다. 공부도 원 없이 시켜주신 것도 그저 감사할 뿐이다.

사람은 배워야 한다. 재일교포들과 단체로 함께 일할 때 느낀 게 있다. 당시 교포들 중엔 일본어를 쓸 줄 몰라서 내가 대신 서류를 작성해 주는 일이 종종 있었다. 그런데 시간이 지나도 그들은 글 배우기를 마다하고 툭하면 부탁을 해왔다. 결국 참다못한 내가 한마디 했다.

"당신들이 아무리 글을 배우지 못했다고 할지라도 가족 이름과 집 주소 정도는 쓸 줄 알아야 하는 거 아닌가요? 제발 글을 배우세요. 배우면 누구든 다 쓸 수 있어요!"

그랬더니 그동안의 고마움을 잊었는지, 사람들은 내가 글 좀 배웠다고 유세부린다며 수군거렸다.

아무리 일본에 살지만 한국인으로서 주체성도 필요하다. 간혹 재일교포를 만나 한국말로 지껄이면 상대방은 주위를 살피며 일본 사람들이 쳐다보니까 일본말로 하라고 한다. "보면 어때? 우린 한국 사람이잖아요." 내가 아무리 강변을 해도 상대방은 여전히 불편한 시선을 보낸다. 오래전부터 일본으로 건너와 살고 있지만 일본 사람은 1등 국민, 한국 사람은 3등 국민이라는 인식이 뿌리박혀 있기 때문이다.

그러나 난 일본 사람들 속에서도 한국말을 했고, 사업을 하면서 내 이름은 이주영이라고 당당히 명함을 만들어 다녔다. 아들들 학교 입학식 때도 한복을 입고 갔다. 그러면 선생들이 다 내 곁으로 와서 정말 보기

호소가와 전 총리 부인과 함께

좋다면서 다음에도 한복을 입고 오라고 했다. 그래서 애들한테 물어 봤다. "엄마가 졸업식에 한복 입고 가도 괜찮아? 난 기모노 입기 싫은데." 그럼 아이들은 대뜸 한복이 기모노보다 예쁘니까 꼭 한복을 입고 오라고 했다. 이렇듯 어려서부터 민족교육이 필요하다는 것을 우리 아이들을 보면 알 수 있다.

나는 우리 아들들에게 한국의 역사와 문화에 대해 어릴 때부터 귀에 박히도록 들려줬다. 그 덕분인지 지금도 몸은 타국에 있지만 한국이라면 끔찍이 생각한다. 일본 땅에서 한국인이라고 차별받으며 자란 아들들이지만 내 말을 거역하지 않고 정말 열심히 공부하며 자라 주었다. 그런 장한 아들들에게 구십을 훌쩍 넘긴 늙은 엄마지만, 양배추며 베이컨이며 각종 재료를 듬뿍 썰어 넣고 맛있는 볶음밥을 해주고 싶다. 특히 큰아들에게는 엄마가 그때 프라이팬으로 때려서 너무 미안했다며 손을 꼭 잡아 주고 싶다.

3. 아들만 넷

예로부터 자식 자랑하면 팔불출이라 했지만 그래도 나는 지면을 빌려서라도 아들들 자랑을 좀 늘어놓고 싶다.

난 아들만 넷을 낳았다. 그 넷 중 둘째만 빼고 나머지 셋은 의대를 나왔다. 한 집에서 의사가 셋씩이나 나왔으니 교포들은 물론 일본에서도 큰 화제였다. 현재 첫째와 넷째는 동경에서 그리고 셋째는 뉴욕 43번가에서 피부과를 운영하고 있다. 아들 셋이 다 유명한 피부과 의사인데다 환자들에게 존경받던 터라 일본 언론에서도 자녀교육에 대해 인터뷰를 많이 했다. 그럴 때마다 나는 여러 가지 감정이 스쳐 지나갔다.

남편은 나와 자식들에게 아무것도 남겨 주지 않고 세상을 등졌다. 더구나 간암에 걸린 남편을 조금이라도 더 살게 해주려고 있는 돈마저 다 써버렸다. 그래서 정작 남편이 눈을 감았을 때는 장례식 치를 돈이 없어 빚까지 져야 했다. 그이가 영영 떠나갔지만 슬퍼할 겨를이 없었다. 무럭무럭 커가는 아이들을 남들보다 뒤처지지 않게 키워야 했다. 내 인생에서 가장 중요한 것은 네 아들이었다. 아이들을 잘 키우는 것만이 내가 최후에 웃을 수 있는 길이라고 확신했다. 그래서 나는 늘 아이들에게 물질적인 재산은 물려주지 못해도 정신적인 재산만은 머릿속에 넣어 주려 애썼다. 한국인의 긍지와 누구에게라도 존경받을 수 있는 전문적 지식을 갖추라고 훈육했다.

애들이 한참 자랄 시기에 화장품 판매원을 시작했다. 하루 종일 돌아다니다 퇴근하면 퉁퉁 부은 다리가 쑤셔서 너무 고달팠다. 하지만 아무리 힘들어도 절대로 그냥 잠자리에 들지 않았다. 반드시 애들이 풀어놓은 문제집을 채점하고 잤다. 밤 12시에 들어와도 마찬가지였다. 그리고 아주 잘했으면 congratulation 좀 틀렸으면 노력하세요! 라고 써놓는 것을 잊지 않았다. 맏형이 솔선수범하여 잘하니까 밑의 애들도 성실히 따라했다.

하지만 내가 워낙 아이들을 엄하게 키우다보니 가슴 아팠던 적이 한두 번이 아니었다. 혼자의 몸으로 어떻게 아들 넷을 자기들 하고 싶은 대로, 갖고 싶은 대로 다 충족시켜 줄 수 있겠는가. 단지 잘 키워야겠다는 희망으로 무조건 열심히 뛰었다. 그래서 애들에게 항상 이렇게 얘기했다.

"나는 혼자고 손이 두 개다. 너희들은 넷이 합하면 손이 여덟 개 아니냐. 난 두 개뿐이라 너희들 몫까지 다 할 수 없으니까 청소와 빨래도 니들이 해라. 그리고 밥 다 먹고 나면 설거지하고, 학교에서 도시락 먹고 가져오면 물에 깨끗이 씻어서 말려 놔라."

그렇지만 아이들은 그렇게 하지 않았다. 몇 번의 잔소리에도 말을 듣지 않자 행동으로 보여줬다. 잔소리 대신 아이들 물건을 창밖으로 던져버렸다. 일주일에 두세 번씩 아이들의 교복, 운동복, 양말, 도시락 통 등을 창밖으로 던졌다. 또 한 번은 아이들이 숙제를 하고 나서 책상 위에 공책과 연필을 늘어놓고 놀러 나간 게 아닌가. 전부 다 집어서 창밖으로 던졌다. 그랬더니 아이들이 숙제 해놓은 게 없어졌다며 야단법석이었다. 그때 단호하게 말했다.

"그렇게 중요한 걸 왜 깨끗하게 정리하지 않았어? 엄마는 돈도 벌어야 되고 밥도 해야 되고 너무 바쁘니까 너희들 공책과 연필까지 치우지 못해. 엄마가 분명히 말했어! 니들끼리 있어도 지저분하게 늘어놓지 말라고!"

그러자 꿀 먹은 벙어리처럼 서 있던 애들이 울면서 밖에 나가 하나하나 주워 들고 들어왔다. 그리고 두 번 다신 그런 행동을 하지 않았다. 매일 똑같은 소릴 반복하는 것보다 행동으로 보여 주는 게 훨씬 효과적이다.

난 애들을 배짱으로 키웠다. 형들은 공부를 열심히 했지만 막내는 중학교 2학년까지도 공부를 잘 안 해서 성적이 중간이었다. 그래서 선언했다.

"나는 공부 못하는 놈은 억지로 공부 안 시킨다. 너한테 돈 들여서 사립대학 안 보내. 2류, 3류 대학은 꿈도 꾸지 마! 한국은 서울대학교, 일본은 동경대학교, 그 외엔 안 보내!"

한다면 하는 엄마 성격을 잘 알기에 덜컥 겁이 난 막내는 그때부터 열심히 공부하기 시작했다. 몇 달 후 3학년에 올라가면서 성적이 부쩍 좋아지더니 고등학교에 가서는 1등을 놓치지 않았다. 결국 둘째만 내 사업을 돕기로 하고 첫째와 넷째는 서울대 의대, 셋째는 연세대 의대에 들어갔다.

우리 막내는 어릴 때 큰형보다 바로 위의 셋째를 가장 무서워했다. 학교에 갔다 와서 가방을 홱 집어던지고는 친구 집에 공부하러 간다고 하면 셋째가 "친구를 집으로 데리고 와! 너, 내 눈 앞에서 공부해!"라고 말했다. 그럼 꼼짝 못하고 형 앞에서 책을 봐야 했다. 서울에서 대학 다닐 때 막내는 셋째형이 무섭다며 자기만 따로 하숙시켜 달라고 졸랐다. 아무리 그래도 어림없었다. 내가 그런 얘길 들어줄 사람이 아니다.

막내가 그렇게 무서워한 셋째는 머리도 좋고, 의대 대항 테니스대회에 선수로 뛸 정도로 운동에도 소질을 보였다. 하지만 자녀들을 공부시켜 본 사람들은 알겠지만 나는 이왕이면 다 서울대 의대로 보내고 싶었다. 국립이다 보니 다른 대학들보다 등록금이 저렴했기 때문이다. 그래서 셋째에게 조금만 더 노력해서 서울대에 들어갔으면 좋았을 거라 말했더니 "어머닌 연세대가 서울대보다 못하다고 생각하십니까?" 하면서 얼마나 큰소릴 치던지. 내가 당황해서 "그게 아니라 등록금이 더 싸니까 그렇지." 하며 해명하느라 아주 혼났다.

당시만 해도 서울대학은 등록금이 10만 원이었고 연세대학은 30만 원이나 했다. 그래서 셋째에게 기왕이면 등록금이 적은 곳으로 갔으면 하는 마음에서 꺼낸 말이었다. 한데 그 애는 내가 서울대를 너무 밝혀 그런 것으로 알고 화를 낸 것이다. 그러면서 20만 원 초과되는 건 자기가 벌어서 대겠다고 했다. 난 그러지 말라고 했는데도 어찌나 지독한 녀석인지 졸업할 때까지 나머지 20만 원을 직접 벌어서 냈다. 방학 때 일본에 와서 낮에 8시간 저녁에 8시간 합해서 16시간을 일했다. 여기에다 공부도 해야지 잘 시간은 없지 도저히 눈뜨고 못 볼 지경이었다. 그 모습에 얼마나 마음 아팠는지 모른다.

지금도 난 셋째가 집으로 온다고 하면 구석구석 말끔하게 청소를 해 놓는다. 하도 깔끔한 애라서 현관에 들어오면 양복을 벗고 청소부터 한다. 내가 다 해놨다고 해도 이건 청소가 아니라고 한다. 그처럼 성격이 까다롭고 유별난데도 감수성이 뛰어나서 의대에 다닐 땐 교지에 단편소설도 뚝딱뚝딱 써내곤 했다.

아무튼 우리 애들은 지금도 책을 잠시도 손에서 안 뗀다. 그렇게 세미나하고 시간이 나면 집안일도 잘 돕는다. 그렇게 열심히 사는 모습들이 참 대견하다. 아마도 자랄 때 워낙 강하게 키워서인 듯싶다. 어리광을 들어주지도 않고 투정도 받아 주지 않았기 때문에 어른이 된 후에 더 잘 자립하고 건강하게 생활하는 거 같다.

아들 넷을 키우면서 때론 좌절도 하고 너무 힘이 들어 포기하고 싶을 때도 많았다. 하지만 그때마다 쑥쑥 커가는 아이들을 바라보면서 억척스럽게 버텨 냈다. 돌이켜보면 내가 살아온 세월이 곧 아이들의 세월이라 해도 과언이 아니다.

우리 막내가 유치원 다닐 때 일이다. 내가 항상 일하느라 집에 없었기 때문에 유치원에 다녀오면 직접 문 열고 들어가라고 아이 목에 열쇠를 걸어줬다. 그렇게 한동안 잘 다니는가 싶더니 결국 막내가 열쇠를 잃어버렸다. 그러자 막내는 이웃 빵가게 할머니에게 가서 사다리를 빌려 달라며 떼를 썼다고 한다. 할머니가 쪼그만 게 어디에 쓰려고 하느냐며 물으니까 문이 잠겨서 이층 창문을 통해 들어갈 거라면서 거들어 달라고 하더란다. 하지만 아무래도 위험할 것 같아서 빵하고 우유 줄 테니까 엄마 올 때까지 여기서 놀라고 하자 막내가 돈이 없다며 눈을 동그랗게 뜨더란다. 그래서 할머니가 돈 안 줘도 괜찮으니까 그냥 먹으라며 안심시키니까 그제야 "그럼 먹어줄게!" 하고 시원하게 대답하고는 빵과 우유를 양껏 먹고 밖에 나가서 놀더란다.

또 한 번은 막내가 빵가게 할머니에게 팔랑팔랑 뛰어가 1엔짜리를 한 움큼 내밀고는 "이거 1엔짜리로 쓰려니까 창피해. 10엔짜리로 바꿔줘." 하더란다. 할머니가 안 바꿔서 사도 괜찮으니까 니 맘에 드는 걸로 가져가라니 막내는 "아냐. 여긴 내가 사고 싶은 거 없어. 바꿔 줘!" 하더란다. 할머니가 내게 하는 말이 "녀석이 자존심 상할 거 같은 때는 오히려 반말로 큰소리쳐."라면서 그렇게 바꾼 돈으로 다른 가게에서 폼 잡고 물건을 사더라는 것이다.

어렸을 때부터 자존심이 무척 강했던 막내는 고등학교 때 아르바이트로 돈을 벌자 빵가게 할머니를 찾아갔다. 엄마 대신 할머니가 친절하게 대해 주고 맛난 것도 먹게 해준 게 너무 고마워 차라도 한 잔 대접하고 싶었던 것이다. 다른 애들은 어렸을 때 고마움을 나 몰라라 하는데, 우리 막내가 차 한 잔 사준다며 아는 체를 하니까 할머니는 무척 감동받으신 것 같았다. 그래서 "오냐. 가자." 하고 찻집에 가서 따듯한 차를 앞에 두고 옛날 일을 떠올리며 즐거운 시간을 가졌다고 한다. 차를 다 마시고 할머닌 막내가 아르바이트한 돈은 아까워 못 쓴다며 막무가내로 우기는 녀석을 만류하고 찻값을 내셨다. 그러자 막내는 "내가 차 한 잔 대접해 드리려고 했는데…."라며 계속 아쉬워했다고 한다.

그날 할머니는 막내의 그런 행동이 굉장히 대견했는지 나를 만날 때마다 그 얘길 반복했다. 그 개구쟁이가, 맨날 1엔짜리 들고 와서 돈 바꿔 달라던 개구쟁이가, 세상에 고등학생이 되어 아르바이트로 번 돈으로 자기에게 차를 사주겠다고 해서 너무 기특했다고 어찌나 즐거워하시던지.

그리고 하나 더 유독 내 기억 속에 남는 장면이 있다. 당시 내 가게는 집에서 전차로 다섯 정거장 거리에 있었다. 나는 막내에게 엄마가 보고 싶으면 언제든 전차를 타고 오라며 매일 책상 위에 전차비를 놓고 출근했다. 그런데 하루는 막내가 머리칼을 휘날리며 헉헉대며 가게로 뛰어 들어왔다. 내가 깜짝 놀라 "전차 안 타고 왔어?" 물으니까 막내는 "엄마! 나 돈 벌었어. 전차 안 탔으니까 차비가 남았잖아."라며 계속 숨을 몰아쉬었다. 어린 녀석이 엄마 돈 걱정을 다 해주고. 너무 고맙고 가슴 아파서 막내를 꼭 안아 주었다.

사실 내색은 하지 안 했지만 난 늘 막내가 안쓰러웠다. 왜냐면 그 애가 네 살 때 애들 아빠가 집을 떠났기 때문이다. 이제 그 애도 나일 먹었고 자식들도 모두 장성했다. 하지만 그 당시 막내와의 일들이 얼마나 소중했던지 지금도 종종 꿈에서 어린 막내를 만나곤 한다.

4. 아들아, 잿빛 청춘을 이겨 내라!

꽤나 공부를 잘했던 큰아들이 대학진학을 앞두고 작가가 되고 싶다고 했을 때 나는 적잖이 충격을 받았다. 내심 아들들이 의사가 되길 간절히 바라고 있었기 때문이다. 사나흘 고심 끝에 큰아들을 불러 이렇게 얘기했다.

"일본에 사는 이상, 일본인들이 '선생님 잘 좀 봐주세요.' 하는 직업이 좋다. 의사하면서 작가도 할 수 있으니까 일단 의대로 가거라."

잠자코 듣던 큰아들은 한숨을 푹 내쉬고 제 방으로 들어갔다. 이후 며칠 동안 큰아들 얼굴빛이 어두워서 다시 단단히 타일러볼까 하는 조바심이 생겼지만 시치미 뚝 떼고 기다렸다. 이윽고 그런 내 마음이 전해졌는지 큰아들은 더 열심히 공부해서 서울대 의대에 당당히 합격했다.

그런데 대학에 들어가서 열심히 공부하던 아들이 내게 전화를 해서는 "어머니, 내 청춘은 잿빛입니다."라며 지친 소리를 했다. 대학 공부가 너무 피곤하고 힘들다는 것이다. 한국에서 자란 애들은 자기가 한 페이지 읽는 동안에 열 페이지도 더 읽는다고 했다. 더구나 책장을 아무렇게나 넘기는데도 몇 페이지에 뭐가 있는지 다 안다며 놀라워했다. 아무리 어릴 적부터 우리말을 능숙하게 교육시켰어도 한국에서 나고 자란 애들을 따라가기가 버거웠을 것이다.

그렇게 큰애에 이어 셋째와 넷째가 의대에 들어가 서울에서 공부를 무사히 마쳤다. 그리고 일본 동경대학에서 인턴생활을 하고 개업해서 다들 유명한 피부과 의사가 되었다. 더구나 일본 전국에 알려질 만큼 실력을 인정받았다. 나는 더 이상 바랄 것이 없을 정도로 행복하다. 효도가 따로 있는 게 아니다. 효도가 뭐 별건가. 부모 걱정 안 시키고 자기들 행복하게 사는 게 최고의 효도다. 자식들 잘 살고 행복하게 살면 그것으로 만족을 해야지, 자식들이 안 보태줘서 섭섭하다며 서운함을 가질 거 없다. 부모는 자식이 자립하면 그것으로 내 자식이 아니라는 생각을 해야 한다. 나는 나고 자식은 자식이다.

지금 생각하면 내가 원하던 대로 아이들이 대학을 다닐 때가 조바심은 났을지언정 가장 행복한 때였다. 내 모든 신경이 온통 그 애들한테가 있었고 애들도 엄마에게 의지해서 많이 찾을 때였으니까. 실제로 주변을 보면 공부에 지쳐서 중간에 포기한 아이들도 많았다. 물론 우리 아들들도 공부가 너무 힘들다며 내게 전화를 하곤 했다. 그럴 때마다 난 냉정하게 말했다. "니 친구들은 집이 부자니까 중간에 포기하고 와도 괜찮지만, 넌 돌아오면 그날부터 죽는 날이다!" 참 모진 말이었지만 그땐 어쩔 도리가 없었다. 아이들의 미래를 위해선 내가 독해질 수밖에 없었다. 그렇게 공부를 마치고 아이들이 무사히 일본으로 돌아오자 그제야 "이제 살았다."는 생각이 들었다.

돌이켜보면 우리 아들들은 고생을 많이 하며 대학을 다녔다. 그 애들이 대학 다닐 때 나는 등록금과 생활비만 주었다. 용돈은 자기들이 필요한 만큼 알아서 벌었다. 방학 때 일본에 와서도 나한테 손 한 번 안 벌리고 아르바이트해서 사고 싶은 걸 샀다. 그 당시는 아이들에게 그야말로 '잿빛 청춘'이었다. 하지만 그런 혹독한 시간들을 견뎌내었기에 현재의 모습이 되었다고 생각한다. 지금도 나태하지 않고 시간도 허투루 낭비하지 않으며 늘 연구하는 자세로 있다.

한 번은 길에서 막내아들 병원에 다니는 환자가 내게 "정 선생 어머니 안녕하세요?" 하며 꾸벅 인사를 했다. 순간 어찌나 아들이 자랑스럽던지. 그러면서도 한편으론 현장 경험이 많은 나보다 단지 의사라고 해서 아들을 더 신뢰하는 것에 괜한 투정도 부려본다. "여드름도 내가 더 잘 낫게 하고 니 여드름도 내가 고쳐줬잖아." 그렇게 큰소리치면 막내아들은 씨익 웃어넘긴다.

아들들 피부과 병원엔 환자가 많다. 하지만 나와 아들들이 함께 연구하고 개발한 화장품이라 해도 병원에서 취급하지 못한다. 환자들이 어떤 화장품을 쓰면 좋겠냐고 물어봐도 화장품을 권하면 안 되기 때문이다. 아무리 우리 회사 제품이 좋아도 환자들에게 직접 말할 수 없다. 그럼에도 추천을 해달라고 조르는 환자가 있을 땐 이런 화장품이 있는데 일단 그거 며칠만 써보고 좋으면 또 쓰라고 알려 준다. 이처럼 좋은 의사로 살기 위해 우리 아들들은 최선을 다한다.

5. 암도 이겨 낸 독한 여자

병도 유전이라고 했던가. 친정 쪽에는 암으로 돌아가신 분이 아무도 없는데 시댁은 전부 암으로 돌아가셨다. 시어머니는 자궁암으로 시아버님은 위암으로 그리고 남편은 간암으로 세상을 떠났다. 나는 누구보다 건강했다. 하지만 첫 아일 낳고 젖이 잘 안 나와서 젖 주무르는 할머니에게 마사지를 부탁했다. 그런데 그때 그만 상처를 통해 젖가슴에 균이 들어갔나 보다. 살짝 잡아당겨도 아픈가 싶더니 이내 곪아서 수술을 했다.

그러나 수술이 깔끔하게 안 되었던 탓인지 꽤 시간이 지났음에도 불구하고 여전히 이상한 느낌을 받았다. 하지만 아이들을 키우느라 내 몸 돌볼 틈이 없었다. 아니 돌볼 생각도 하지 않았다. 아이들이 스스로 잘해 나갈 수 있을 때까지는 결코 그 어떤 것도 허락할 수 없다는 각오였다. 심지어 그것이 암일지라도. 친구들은 암이라는 소리만 들어도 인생이 다 끝난 듯 야단이었지만 난 그럴 상황이 아니었다. 혹시 암이 아닐까 의심은 하면서도 병원에 가지 않았다. 다만 암에는 비타민C가 좋다고 해서 그것만 열심히 챙겨 먹었다. 하지만 가슴에 잡히는 멍울은 점점 더 커져만 갔다.

그러던 어느 날 잠자리에 들어 멍울을 만지다가 옛날에 어머니가 들려줬던 꿈 얘기를 떠올렸다. 어머니가 언니를 임신했을 때 꿈에 하늘에서 노인이 내려오더니 명주실 두 타래를 주더란다. 꿈속에서 명주실 타래는 딸이라는데 두 개 줬으니까 언니와 나를 뜻하는 것이라고 했다. 그때 어머니는 실은 장수를 뜻하니까 그 꿈 덕에 너희들은 오래 살 거라며 우릴 부러워하셨다.

장남이 서울대학교 의대를 졸업하고 동경대학교 병원에 인턴으로 있고 연세대 의대에 다니던 셋째가 방학을 맞아 잠시 일본에 와 있을 때였다. 외출했던 셋째가 예고도 없이 벌컥 문을 열고 들어왔다. 그때 난 목욕 후에 타월만 두른 채 냉장고에서 맥주를 꺼내려던 참이었다. 깜짝 놀라 예고도 없이 들어오면 어쩌냐고 버럭 화를 냈다. 그런데 잠시 날 쳐다보던 셋째가 "어머니 가슴이 왜 그래요? 정맥이 왜 그렇게 부풀었어요?"라며 눈을 동그랗게 떴다.

그때는 혹시 유방암에 걸린 게 아닐까 의심하며 지낸 지 7년이 지난 후였다. 종양은 이미 클 때까지 커버린 상태였다. 자각은 하고 있었지만, 그때도 나는 암을 고치기 위해 병원에 드러누워 있을 상황이 아니었다. 하지만 걱정이 되어 애들한테 얘길 할까 말까 고민하던 차에 마침 셋째가 보게 된 것이다.

셋째가 당장 병원에 가자며 서둘렀다. 하는 수 없이 옷을 주워 입고 고베 병원으로 갔다. 진찰을 마친 의사가 유방암이라면서 당장 입원하라고 했다. 그래서 난 큰아들이 동경대학병원에 있으니까 그리로 가겠다고 했다. 그러자 셋째가 즉시 고속열차표를 끊어 동경까지 갈 수 있게 태워 주었다.

그러나 나는 얼마 가지도 않고 오사카에서 내렸다. 그때 난 일주일 동안 화장품 회사 사원교육을 집중적으로 받아야 할 상황이었다. 만약 병원에 가면 바로 수술에 들어갈 것이고, 그렇게 되면 사원교육은 포기해야 될 판이기 때문이었다. 그래서 열차에서 내리자마자 뒤도 안 돌아보고 곧바로 교육장으로 달려갔다.

갑자기 엄마가 사라지자 아이들은 난리가 났다. 셋째는 동경에 있는 형한테 어머니가 출발했다며 전화했는데, 첫째는 아무리 기다려도 내가 오질 않자 무슨 일이 벌어진 거 아니냐며 펄쩍 뛰었다. 나는 아이들이 굉장히 걱정하며 내 연락을 기다리고 있다는 걸 알면서도 전화하지 않았다. 그럼 날 억지로 잡아끌고 병원에 입원시킬 테니까.

아무튼 일주일 동안 잠도 안 자고 사원교육을 수료했다. 가방을 덜렁덜렁 들고 집에 돌아오니까 아이들이 다 초주검이 되어 있었다. 아니나 다를까 바로 애들에게 붙들려 동경으로 끌려갔다. 그런데 날 진찰한 교수는 암이 너무 오래돼서 온몸에 전이가 됐다고 생각했는지, 보고 싶은 사람이 있으면 어서 만나보라고 했다.

일주일 후 암수술을 가장 많이 한 스기야마 교수를 비롯해서 암수술 권위자인 교수가 여섯 명이나 달라붙어 수술을 도왔다. 수술은 예상시간을 넘어 대여섯 시간이나 걸렸지만 다행히 성공적으로 끝났다. 수술실 밖에서 기다리던 아이들은 의자에 앉지도 못 하고 조바심에 입술이 바짝바짝 타들어갔단다. 그때 내 나이가 53세였다. 젖가슴 한쪽이 수술로 내려앉은 걸 보고 "나도 여자니까 이대로 죽었으면 좋겠다."고 하자 장남이 눈물을 흘리면서 "어머니, 우리 때문에 그렇게 고생 많이 하시고 이대로 가시면 우리의 한은 어떻게 합니까!" 이러는 게 아닌가. 그래서 "역시 엄마가 곁에 있는 게 좋아?"라고 했더니, 그걸 말이라고 하시냐며 펑펑 울었다. 그때 본 큰아들의 눈물은 오래도록 내 가슴에 남았다.

어쨌든 병원엔 가지도 않던 내가 입원해 있으니까 고베에 있는 친구들한테서 전화가 쇄도했다. 수술 며칠 후엔 세포를 떼어 임파선 검사를 했다. 얼마 후 암 전이가 안 되었다는 결과를 들은 큰아들은 너무 좋아서 엘리베이터를 기다리지 못 하고 1층에서부터 내가 있는 8층까지 단숨에 뛰어올라와 소리쳤다.

"어머니! 다른 곳엔 하나도 전이가 안 되었대요!"

암 덩어리가 야구공만큼이나 컸는데도 불구하고 암이 퍼지지 않았다니 얼마나 신기한 일인가. 다음날 담당교수가 오더니 내게 이렇게 물었다.

"평소에 비타민C 많이 드셨죠?"

그랬다. 나는 평소에 비타민C를 꾸준히 먹었다. 담당교수 말에 따르면, 비타민C는 세포와 세포 사이에 풀 역할을 하기 때문에 암세포가 전이되는 걸 막아 준다고 했다. 내가 비타민C를 꾸준히 먹어 온 덕분에 암이 오래되었어도 다른 곳에 전이가 안 됐다는 것이다. 그 말을 들으니 그동안 비타민C를 열심히 챙겨 먹은 것이 허사가 아니었구나 하는 생각이 들었다.

아이들은 몸이 완전히 회복할 때까지 입원하라고 했지만 나는 마음이 바빴다. 그때는 한참 영업도 잘 됐고 차도 회사에서 무료로 나왔기에 퇴원하고픈 마음이 간절했다. 급한 마음에 퇴원을 하려는데, 20일 이내로 퇴원하면 보험회사에서 수술료가 안 나온다는 것이다. 그래서 딱 하루 더 자고 21일 만에 퇴원을 감행했다. 담당교수가 팔을 올려보라고 했을 때 엄청 당기고 아팠지만, 내색하면 퇴원이 안 된다고 할까봐 하나도 아프지 않은 척했다. 담당교수는 일주일에 한 번씩 꼭 검사받으러 오라고 했다. 난 알겠다고 대답 해놓고 실도 안 뺀 채 퇴원해서 곧장 고베 집으로 갔다. 그리고 실밥은 내가 직접 전부 뺐다. 지금 생각해봐도 나처럼 지독한 사람이 또 있을까 싶다.

어쨌든 퇴원해서 집으로 온 후 병원에 가지 않았다. 그러다 수술 받은 지 1년 후 손자를 보러 동경에 갔다가 담당교수한테 인사를 갔다. 그랬더니 교수가 저렇게 말 안 듣는 불량환자는 처음이라며 놀랐다. 당시 1년 후에 재발 안 하면 3년 또 안 하면 7년 후 재발할 수도 있다고 들었는데, 어느덧 수십 년이 흘렀다. 물론 재발은 없었다.

여담이지만 큰아들이 동경대학병원에 있으니까 좋은 게 많았다. 특별실도 의사 가족이라고 무료로 사용하게 해주었고 의료기기들도 가장 좋은 것들이었다. 특히 암 권위자인 교수들한테 수술을 받았다. 하지만 무엇보다 교수들이 아들 잘 두었다고 칭찬하는 게 정말 기뻤다. 몸은 비록 힘들었지만 쾌유를 빌며 건네 준 아들의 꽃다발을 받으며 삶의 보람을 느꼈던 때였다. 내가 보살피고 문제를 해결해 주었던 게 엊그제 같은데, 이제는 내가 아들들에게 감동을 받고 그 애들을 존경하고 있다. 금쪽같은 아들들이 나를 보살피고 있는 셈이다.

피부 트러블

1. 여드름

① 여드름의 원인

사춘기에 발생하는 여드름은 어른이 될 때까지 계속된다. 이마에 시작해서 얼굴 전체에 퍼지고 심지어 목까지 내려가는 사람들도 많다. 여드름은 성장하고 난 후에도 같은 자리에서 생기고 좀처럼 없어지지 않는다. 염증이 없어진 후에는 자국이 남아 보기 흉하기 때문에 무엇보다 예방이 중요하다.

여드름은 기미와 같이 몸속에서 오는 내인성과 외부 자극이나 화장품의 화학물질, 주거환경이나 의류 또는 생필품으로 인한 것이 있다. 그래서 원인을 잘 파악해야 적절한 케어를 할 수 있다. 여기서는 내인성 여드름과 그에 대한 대처를 살펴보자. 내인성 여드름의 원인으로는 스트레스나 내장질환, 자율신경 이상, 수면 부족 등을 들 수 있다. 여기에 불규칙적인 식생활, 편식, 육식, 패스트푸드, 간식, 담배, 지나친 음주 등도 원인이다.

② 원인별 여드름에 대한 식품

• 스트레스로 생기는 여드름

이마 위에 여드름이 생기는 것은 스트레스로 인하여 소화기능이 원활하지 않아서 생긴다. 우유, 요구르트, 멸치 등 칼슘이 많이 포함된 식품이 좋다.

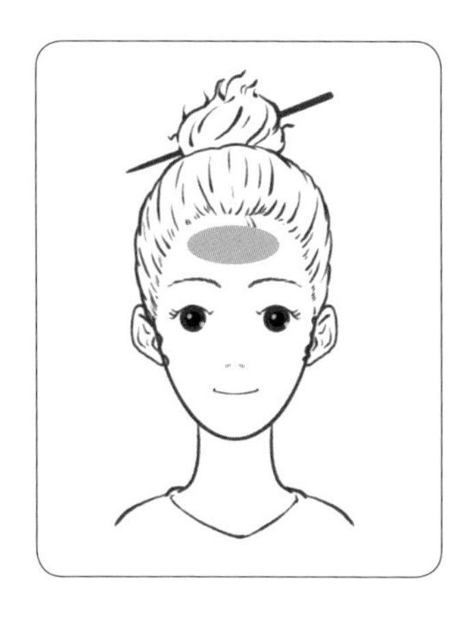

• 내장의 문제로 생기는 여드름

위장이 약해지면 입 주위에 여드름이나 트러블이 나기 쉽다. 볼 가운데 여드름이 날 때는 간 기능을 의심해 보자. 소화가 잘 되는 음식과 두부, 요구르트가 좋으며 술과 담배는 금하는 것이 좋다.

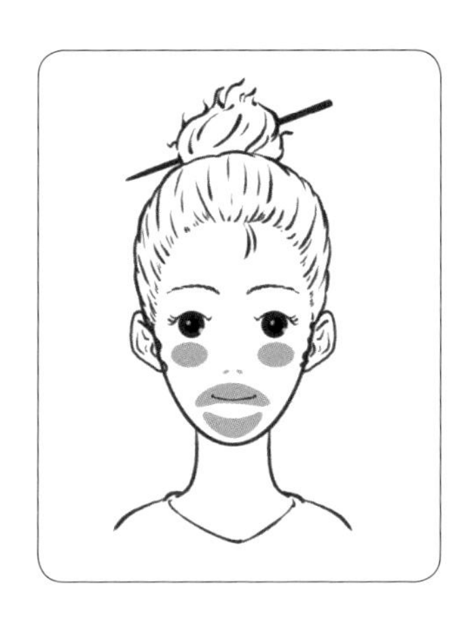

• 콜레스테롤 계통의 여드름

운동부족으로 근육을 잘 사용하지 않는 사람들과 늘 책상에 앉아 있는 학생들과 사무직에서 흔히 나타날 수 있다. 이런 경우에는 버섯 종류나 해초를 많이 먹는 것이 좋다.

• 자율신경 난조로 인한 여드름

자율신경 난조로 생기는 여드름은 좋아하는 음악이나 영화를 보고 맛있는 음식을 먹는 등 마음을 진정시키고 행복을 느끼는 시간을 많이 가지면 효과를 볼 수 있다. 식품으로는 비타민 B6가 많이 포함된 참치회가 좋다.

③ 올바른 처치법

여드름이 생기는 원인은 다양하다. 새우, 게, 문어를 즐겨먹는 사람은 이마에 흰 여드름이 생기기 쉽다. 심지어 지성피부가 아닌 악건성 피부에도 여드름이 발생하는 경우가 있다. 여성의 경우 생리가 가까워지면 생기는 수도 있는데, 이럴 때는 림프 마사지로 노폐물을 밖으로 밀어내어 여드름이 발생하는 것을 미리 예방하는 것이 좋다.

그래도 여드름이 생겼을 때는 소량의 알코올을 천에 묻혀 여드름을 살균하고, 깨끗한 손가락으로 여드름 주위의 근육을 눌러 고름을 빼내고 색소 침착이 되지 않게끔 미네랄 미스트를 뿌려준다. 될 수 있는 대로 메이크업을 피하고 이것저것 많이 바르는 것을 피하는 것이 좋다. 미네랄 미스트를 해주고 미백케어를 집중적으로 해줄 것!

무엇보다 여드름 예방에는 건강관리가 중요하며 림프 마사지도 매우 효과적이다. 미네랄 비누로 세안하고 미네랄 미스트를 뿌려주면 피지분비를 조절하므로 심한 여드름에 권할 만하다. 또한 매일 반신욕으로 모공을 막고 있는 기름과 노폐물이 땀과 함께 배출되도록 유도하는 것이 좋다. 그리고 각질을 제거하지 말고 자연스레 때로 떨어져 나가도록 신진대사를 활발히 유도하고 항상 혈색이 좋아지도록 올바른 피부 관리를 하자. 여드름이나 피부 트러블이 생겼을 경우, 다음의 상황을 꼼꼼히 체크해 보면 어떻게 대처해야 할지 방법이 저절로 나온다.

- 수면이 부족한가?
- 스트레스가 많은가?
- 케이크나 초콜릿을 좋아하는가?
- 기름기 많은 삼겹살이나 갈비를 좋아하는가?
- 변비가 있는가?
- 손을 깨끗이 씻는가?
- 물을 자주 마시는가?

• 피부 표면의 각질이 남아 있는가?

• 세안을 너무 자주하는가?

• 로션 팩을 안 하고 있는가?

2. 기미

① 기미의 원인

• 자외선

피부의 가장 바깥층인 표피의 기저층에는 문어다리 같은 돌기를 가진 멜라노사이트melanocyte가 존재한다. 피부표면이 자외선에 의해 자극을 받으면 멜라노사이트는 표피세포 내에 문어다리의 끝자락을 집어넣고, 멜라닌색소를 분비하여 세포의 생명이라고 할 수 있는 핵을 보호한다. 이것을 핵의 위쪽, 즉 피부의 표면 쪽에서 비쳐지는 모습으로 말하면 햇볕에 그을렸다고 할 수 있다. 이와 같이 멜라닌색소가 멜라노사이트에서 생성되는 표피세포 내에 흡수된 후 진피층에 빠져서 정류해 버리면 기미로 변한다.

• 화학물질 – 유성화장품

클렌징크림, 콜드마사지크림 등은 대부분 석유화학제품이다. 썬블록 크림 같은 자외선 차단제도 잉크에 사용되고 있는 페놀계 화합물이 대부분이기 때문에 오히려 피부에 유해한 것이 많고 기미가 생기기 쉽다. 콜라겐이 들어 있는 식품을 많이 먹으면 피부에 탄력과 윤기를 줄 수 있지만 콜라겐이 들어 있는 크림을 피부에 바르면 아무런 효과도 없을 뿐 아니라 자외선을 쬐면 기미가 더 생기기 쉽다.

• 기계적 자극

피부 생리에 관한 전문적인 지식을 갖추지 못한 피부 관리사의 시술과 사후관리는 상당히 위험하다. 특히 피부 보호막을 걷어내는 필링은 기미를 더 빨리 생기게 만드는 결과를 초래하기도 하며 후속관리 도중 유해물질이 피부 속으로 더 많이 유입되기도 한다. 많은 피부 관리사들이 이 점을 간과함으로써 고객들의 소중한 피부를 망가뜨리고 있다.

• 스트레스와 호르몬 이상

현대 사회를 사는 우리에게 스트레스란 동반자처럼 따라다니는 존재이므로 아예 없을 수는 없다. 하지만 적절히 컨트롤함으로써 지나치지 않도록 해야 하며, 이 과정에서 규칙적인 식생활과 충분한 수면은 정신적인 안정에 중요하므로 꼭 지키도록 애써야 한다.

② 기미의 예방과 치료

- 충분한 수면을 취하고 피로를 회복시킴으로써 스트레스를 줄여나가야 한다.
- 영양밸런스를 갖춘 식생활을 한다. 특히 제철 음식을 많이 섭취하도록 한다.
- 약산성 세안제로 가볍게 마사지하듯 세안하고 깨끗하게 헹궈 낸다.
- 합성화학물질이 들어 있지 않는 약산성 미네랄 미스트를 사용한다. 그리고 피부 세포에 에너지를 공급하여 정상적 피부대사를 유지한다.
- 자외선 차단제를 선택할 때 자외선을 피부표면에 반사시킬 수 있는 수용성크림을 고른다.

③ 기미에 대한 손질

- 약산성 세안제로 세안을 한다.
- 미백 보습 에센스를 바르고 그 위에 미네랄 티슈를 덮어 10~15분을 둔다.
- 미네랄 미스트와 미백 보습크림으로 마무리한다. 2주일에 두 번 정도 저녁 목욕할 때 하면 좋다.
- 기미가 진하고 심할 때는 비타민C를 아침저녁으로 1,000mg 정도 섭취하고, 위와 같은 팩을 1주일에 세 번 정도하면 효과적이다.

④ 원인별 기미에 좋은 식품

• 스트레스로 생기는 기미

스트레스가 심하면 볼과 이마에 기미가 생기기 쉽다. 이럴 땐 마음을 편하게 하고 과로하지 않으며 충분한 휴식을 취하도록 하자. 음식으로는 키위나 토마토가 좋고 항 스트레스 작용이 있는 비타민C와 칼슘이 많은 요구르트나 우유제품을 먹으면 좋다.

• 여성호르몬 밸런스 문제로 생기는 기미

여성호르몬 활동이 저하되면 눈썹 위에 기미가 생기기 쉽다. 특히 눈 주위의 기미는 자궁 쪽 기능이 저하되어 생긴다. 이럴 땐 땅콩, 호두, 두부, 청국장, 낫또가 좋다.

• 내장 기관에 문제가 있을 때 생기는 기미

간 기능이 저하되면 코 위 미간에 기미가 생기고, 신장이 좋지 않으면 볼가에 생기기 쉽다. 간 기능을 강화시키는 데는 재첩 또는 타우린이 많이 함유된 오징어와 문어가 좋다. 코 위의 기미는 숙변을 의심해보고 장 청소를 시도해보는 것도 좋다.

• 자율신경이 흐트러져서 생기는 기미

입 주위에 생기는 기미는 자율신경 이상 때문일 가능성이 높다. 자율신경을 회복시키려면 비타민B12가 많이 함유된 조개 종류, 굴, 꽁치 등을 들 수 있다.

• 화장품으로 인한 흑피증

클렌징크림으로 화장을 지우거나 마사지 크림으로 마사지하는 것을 당연시 하지만 이로 인해 볼 위 양쪽에 기미가 생길 수 있다. 유분은 피부를 검게 할 수 있으므로 주의해야 하며 클렌징은 세안비누로 하는 것이 좋다. 유분이 많은 그림으로 마사지하면 거의 다 흑피증이 생긴다.

3. 아토피

아토피Atopy란 그리스어에서 유래한 말로 '이상하다.' '뭔지 모른다.'는 뜻이다. 즉 대부분의 사람들에게 아무런 반응도 일으키지 않는 무해한 물질에 대해서, 알레르기 반응을 일으키는 유전 경향이 있는 이상한 체질 또는 그러한 병을 말한다. 주위에서 흔히 볼 수 있는 알레르기성 비염, 알레르기성 천식, 아토피성 피부염 등을 통칭해 아토피성 질환이라 할 수 있다. 그런데 해가 갈수록 아토피성 질환이 증가하고 있다. 그 증가의 원인은 명백하다. 식생활과 주거환경이 편리해지면서 생겨난 부산물이라고 할 수 있다. 많은 사람들이 오랜 기간 동안 원인도 모르고 그저 막연하게 병원에서 처방한 약과 연고를 바르면서 한편으로는 그 부작용에 신음하고 있다. 이것은 환자와 의사 쌍방에 책임이 있다고 말하고 싶다.

아토피 때문에 오랫동안 통원치료를 받는 환자 중에는 스테로이드연고의 부작용으로 힘들어 하는 경우가 많다. 의사를 선택할 때는 아토피에 대한 올바른 지식과 경험이 풍부한 의사를 찾아가서 치료받는 것이 좋다. 처음부터 강한 연고와 항생제를 처방하는 의사는 한 번 생각해봐야 할 것이다. 아토피를 치유하기 위해서는 그 원인을 하나하나 제거하여 나가야한다. 여기엔 특효약이 없다는 것을 한 번 더 강조한다.

① 아토피성 피부염의 원인과 대체

아토피성 피부염은 알레르기성 질환에 포함되는 병이고 천식 또는 꽃가루 같은 물질에 의해 일어난다. 그 원인은 크게 나누어 유전, 주거환경, 식생활, 정신적 스트레스 등이고 이런 원인들이 복합적으로 얽혀 있는 경우가 많다. 질병을 치유하기 위해서는 그 원인을 제거하면 된다. 그러나 아토피성 피부염은 그 원인이 복잡하기 때문에 치유가 어렵다. 그래도 실망하지 말자. 원인을 하나하나 검토하면서 제거할 수 있는지 알아보자.

• 주거환경

수돗물 수돗물에는 염소라는 살균제가 들어 있다. 금붕어를 수돗물에 넣으면 죽는 것은 염소 때문이다. 그리고 수영장에는 수돗물에 비해 엄청난 양의 염소가 투입된다. 피부가 약하고 알레르기가 있는 아이는 이런 곳에서 수영하는 것을 피하는 것이 좋다. 염소가 아토피 피부염을 일으키는 가장 큰 원인 중 하나이기 때문이다. 염소 소독이 아닌 오존으로 소독한 곳이나 바닷물은 해가 없으며, 햇빛이 강하지 않은 아침이나 해질녘이 좋다. 집에서는 수돗물에 남아 있는 잔류 염소를 제거해 줄 수 있는 정수기를 사용하면 좋다. 그리고 염소를 실험하는 시약으로 염소의 잔존 여부를 실험해 보는 것도 한 방법이다.

청소 하루도 빠짐없이 창문을 열어 먼지를 털어 내는 청소를 하고 걸레질할 것을 권하고 싶다. 특히 아토피성 피부염은 공기가 건조한 겨울에 악화되기 쉽기 때문에 아무리 추워도 자주 환기시켜 주어야 한다. 그리고 에어컨은 더위를 식히기도 하지만 반대로 피부의 수분을 빼앗아 가는 단점도 있다. 또 하루 종일 틀어 놓는 공기청정기도 필터가 오염되면 효과를 볼 수 없다.

거실 거실에는 절대 화학섬유로 된 카펫을 깔지 않아야 한다. 100% 면이거나 실크로 된 것이 아니면 알레르기는 더욱 심해진다. 진공청소기 사용보다 걸레질을 자주하는 것이 좋다. 항상 청결한 상태를 유지하지 않으면 아토피는 치유하기 어렵다.

이불 이불은 면이 최고다. 오리털이나 나일론 이불은 피하는 것이 좋다. 기능성 섬유로 만들어진 이불의 경우, 음이온이니 뭐니 하면서 고가로 판매되고 있으나 이것은 결국 돈을 쓰면서 피부를 악화시키는 일이다. 내의도 당연히 면이 좋다.

합성세제와 방향제 합성세제는 흡착성이 좋아서 완전히 씻어 내기가 어려워 집안에 늘 잔존하여(특히 옷) 아토피 치료를 어렵게 한다. 그리고 실내 공기를 매일 환기시켜 주는데 방향제가 왜 필요할까 싶다. 방향제를 뿌리면 인체에 부담을 주고 그 자리에는 먼지가 앉기 쉽다. 청소를 게을리 하지 않으며, 매일 속옷을 깨끗이 빨아(합성세제를 쓰지 말고) 갈아입히면 아토피 치료에 도움이 된다.

화장품 아토피 환자는 특히 화장품을 선택에 신중해야 한다. 대부분의 화장품이 유성 원료를 사용하고, 여기에 계면활성제, 산화방지제, 색소, 향 등이 포함되어 있다. 이런 성분들은 피부를 거칠게 하고 알레르기를 일으킬 수 있으므로 사용하지 않는 것이 좋다. 그리고 이름뿐인 천연화장품이 대부분이므로 주의해야 한다.

• 식생활

인체는 다양한 영양소를 균형 있게 섭취함으로써 건강한 신체를 유지하고 성장시킨다. 그러므로 아이에게 우유, 밀, 대두, 달걀 같은 중요한 단백질공급 식품을 제한하면 성장이 중지될 수도 있다. 또 면역기능이 약화되어, 전에 먹었을 때는 아무 이상이 없던 식품인데도 알레르기 반응이 일어나기도 한다. 몸에 좋지 않은 라면, 냉동식품, 청량음료, 과자, 설탕, 햄, 빵, 패스트푸드 등은 피하는 것이 좋다. 가능하면 가공식품은 피하고 외식을 삼가 해야 아토피 때문에 고생하지 않는다. 식품을 고를 때 다음 사항을 유의해야 한다.

– 우유 : 저온살균(60~70도로 30분간 살균)한 우유

– 밀 : 국산으로 표백하지 않은 것

– 대두 : 국산 대두, 두부는 진공포장하지 않은 것

– 달걀 : 자연 사료로 키운 닭이 낳은 달걀

• 정신적 스트레스

아이들의 스트레스는 어른들에 의해 만들어진다. 그것은 뱃속에서부터 시작된다. 담배와 술은 물론이고 밤늦게 자는 습관이나 불규칙적인 일상생활과 유해식품 섭취 등이 태아에게는 모두 스트레스가 된다. 또한 무엇이든 부모에게 의존하는 버릇이 든 아이는 육체적인 성장만 앞서 나가고 자립심은 뒤처져서 스트레스는 가중된다. 아토피를 치유하는 것은 환자 본인의 강한 의지와 실천력이기 때문에 현실을 이기는 정

신적인 면은 아주 중요하다. 그리고 그것을 뒷받침하는 가족의 협력과 담당 의사의 조언이 절대적이다. 가족들도 환자 앞에서 인스턴트식품을 먹지 않는 등 환자가 가족으로부터 소외당하지 않고 가족과 완전한 일체감을 느끼는 것이 중요하다.

② 반드시 지켜야 할 사항

- 일찍 자고 일찍 일어나는 습관을 길러야 한다.
- 하루 세 끼 영양밸런스가 잡힌 식사를 한다.
- 목욕할 때 때밀이 수건을 쓰지 않고, 순수한 비누를 사용한다.
- 합성세제로 만든 샴푸나 린스를 쓰지 않는다.

4. 닥터 코스메틱

요즘 의사 이름으로 판매되고 있는 화장품이 많다. 화장품에 대한 지식이 없는 의사가 수익을 위해 하는 일이야 뭐랄 것도 없지만, 특별할 것도 없는 기존의 화장품이 의사의 자체 상품Private Brand 화장품으로 둔갑하여 팔리는 것은 솔직히 실망스럽다. 피부과의 경우, 의료사고나 의사의 윤리문제, 지나친 상업성 등으로 의사에 대한 신뢰도가 떨어지고 있을 뿐 아니라 많은 돈을 내고 시술을 받고 있지만 기대와는 달리 부작용으로 인해 울고 있는 환자가 너무 많은 것이 현실이다. 이러한 현실 속에서 의사 이름의 화장품 또는 의사가 권하는 화장품은 과연 어떨까?

나는 일본에서 피부과 환자 200명 이상을 대상으로 설문조사를 한 적이 있다. '의사가 권하는 화장품은 고가이다.' '의사가 화장품 회사와 유착되어 있다.' '의사가 권해서 사용했는데 다른 화장품과 별 차이가 없다.' 등의 부정적인 반응들이 많았다. 그럼에도 불구하고 '의사가 권하는 건 효과가 있어 보인다.' '의사가 권하니까 꼭 사고 싶다.'는 환자가 50%나 되었다. '별로 사고 싶은 마음이 없다.'는 35%, 나머지 15%는 '믿을 수 없다.' '관심 없다.' 등이었다.

일반주부나 환자들은 의사가 대학에서 화장품에 대해 전혀 배우지 않고 있다는 것을 모른다. 피부과 의사니까 피부에 좋은 것을 권할 거라는 막연한 믿음이 앞선다. 그래서 나는 피부과 병원과 피부 관리는 명확히 분리되어야 한다고 생각한다. 피부 관리실에서 박피나 제모 같은 의료행위를 해서는 곤란한 만큼 화장품에 대한 지식이 없는 피부과 의사가 마치 치료효과가 있는 양 고가의 화장품을 판매하는 것도 문제가 있다고 본다.

피부과 의사가 취급할 수 있는 화장품 종류에는 화장수, 미용액 같은 기초 화장품과 세안 비누, 샴푸 같은 세정용 화장품 그리고 썬클럭 크림과 목욕제 등이 있다. 그러면 의사로서 환자들에게 스킨케어나 화장품을 권할 때 어떤 기준을 가지면 될까? 우선 염두에 두어야 할 것들이 있는데 바로 세정, 보습, 자외선 차단이다.

- **세정** 지성피부인 사람은 여드름을 예방 또는 치료하는 데 있어 모공을 막고 있는 피지를 깨끗이 씻는 것이 중요하다. 살균에 중점을 두기보다 청결의 방법을 환자들에게 알려 주어야 한다.

- **보습, 건조에 대한 스킨케어** 피부건조는 각질층의 수분량과 관계있다. 수분량을 유지, 개선할 수 있는 화장수 또는 미용액이 중요하지만, 사전에 화장품의 성분에 대한 올바른 지식을 갖추어야 한다.

- **자외선 차단** 자외선은 피부 노화와 발암의 원인이 되기 때문에 피부 보호를 위한 스킨케어가 중요하다. 이 또한 자외선 차단에 대한 다양한 방법과 자외선 차단제에 관한 올바른 지식이 전제된다. 화학적 흡수제의 피부에 대한 영향을 고려하지 않고 무조건 시간 맞춰 바르라고 하는 태도는 의사로서 올바르지 않다.

3

알면 아름다워진다

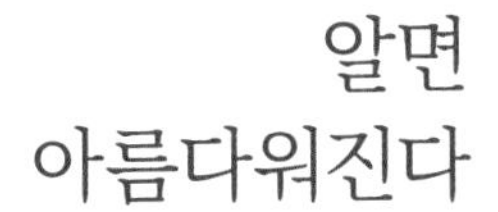

알면 아름다워진다

1. Ca va bien

아토피는 가려움이 극심한 피부 질환의 일종으로 증상이 심해지거나 만성화되면 피부 건조증이 심해지고 진물이 나기도 한다. 이보다 더 심해지면 각질이 심하게 일어나 외모에 대한 스트레스나 대인기피증 등을 유발하기도 한다.

나는 오래전부터 아토피에 관심을 갖고 있었기에 피부과 의사인 막내아들과 함께 오랫동안 연구에 매진해왔다. 그렇게 밤낮없이 연구를 거듭하다 보니 아토피의 원인이 무엇인지 이해할 수 있게 되었다. 그리고 건강한 피부에 비해 아토피는 수분이 너무 부족하다는 것을 알게 되었다. 그동안 병원에서는 글리세린 같은 것을 보습제로 주면서 치료를 했다. 하지만 그건 일시적일뿐 깨끗하게 치유되지 않았다.

결국 건강한 피부는 새로운 세포가 태어날 수 있는 환경이 갖춰져야 비로소 얻어질 수 있다. 따라서 세포가 태어날 때의 환경을 갖춰 주려면 몸속의 체액, 즉 의학적으로 간질액에 가까운 무엇을 만들면 되겠다는 것에 의견일치를 보았다. 또한 보습은 글리세린으로 해결이 안 되며, 다당류는 분자량이 크기 때문에 알레르기를 더 심하게 일으키니까 과당이나 포도당이 좋다. 체액과 같은 성분으로 만들려면 미네랄과 아미노산 등을 만들어 내는 게 훨씬 피부에 좋다는 결론을 냈다.

거듭된 연구와 테스트가 이어졌다. 막내가 성분을 적어 주면 내가 여러 성분을 섞어 환자에게 시험해 보았다. 예상대로 반응이 폭발적이었다. 피부가 많이 좋아졌다며 더 만들어 달라는 아토피 환자들의 요청이 쇄도했다. 그리고 아토피와는 별도로 아미노산에 과당과 포도당을 넣어 만든 화장수와 비누를 피부 관리하러 오는 사람들한테 주었더니 피부가 맑아졌다며 무척 좋아했다. 아무튼 아토피 환자들의 반응이 너무 좋아서 막내 병원에서 본격적으로 나눠 주었다.

그런 상황이 지속되자 이걸로 화장품을 만들면 민감성 피부에도 좋고 화장하더라도 괜찮겠다는 확신이 생겼다. 그래서 막내에게 화장품 브랜드를 만들어서 사업을 시작해 보겠다고 했다. 막내는 "그 연세에 뭘 또 하려고 그러시냐."며 극구 만류했다. 하지만 난 포기하지 않았다. 성분을 전부 적어 화장품 회사 연구실로 가서 그곳 연구원들과 함께 시제품을 만들었다. 결과는 대만족이었다. 그때 내 나이가 65세였다.

이후 2년 동안 직접 써보면서 부족한 점을 채워 넣으며 제대로 된 제품을 만들어 냈다. 그렇게 난 67세 되던 해 9월에 'Ca va bien'이란 회사를 설립했다. 사바비안은 불어로 잘 지내냐는 뜻이다. 우리 사바비안 화장품은 피부과 병원에서 부작용 없이 아토피를 치유하기 위해 개발된 것이라서 일반 화장품과는 성분자체가 완전히 다르다.

내가 이 책을 쓰면서 가장 걱정되는 것이 있다. 혹시 우리 화장품을 홍보하기 위해 책을 내는 게 아닐까 의심을 받는 거다. 그러나 분명히 밝히건대 내가 이 책을 쓴 가장 큰 이유는 '여성들이 피부에 대한 기초상식을 정확히 알았으면' 하는 마음에서다. 또한 화장품을 과용하지 말 것과 비싼 화장품이라고 무조건 과신하지 말기를 바라는 마음에 쓰게 되었음을 거듭 강조하고 싶다. 더 바라는 게 있다면 나의 개인사와 영업경험이 독자들의 인생에 작게나마 도움이 되었으면 하는 것이다. 그리고 더 욕심낸다면, 먼저 세상 떠난 남편에게 생전에 보내지 못한 편지를 이 책을 통해 들려주고 싶어서다. 아울러 이 책을 통해 손주들이 이런 할머니의 마음을 알아주었으면 하는 마음이 간절하다.

말이 나온 김에 먼 옛날 얘기 하나만 하자. 연애시절에 그이는 내게 "당신이 만들 낙원에서 한 줌의 흙이 되겠소."라고 썼다. 그 연서를 두고두고 보면서 나는 지나간 추억과 함께 새로운 사랑을 동시에 갈망했다. 언젠가는 다시 사랑하는 사람을 만나 정열적으로 마지막 사랑을 나누고 싶은 꿈을 꿨다. 아흔을 훌쩍 넘긴 이제는 다 부질없는 일이 되었지만….

독자들에게 강조하고 싶다. 사랑을 꿈꾸는 것만큼 좋은 화장품도 없다. 사랑에 빠진 사람은 절대로 피부가 미워지지 않는다. 피부에서 장밋빛 호르몬이 샘솟기 때문이다. 사랑은 신비로운 화장품이다.

2. 알면 쉬운 다이어트

나는 술을 참 좋아한다. 아흔을 넘긴 지금도 가끔씩 와인을 마시며 사색에 잠기곤 한다. 지난 시절 불고기를 먹을 땐 늘 소주나 맥주를 곁들였고, 스테이크에는 꼭 와인을 곁들였다. 특히 와인을 좋아해서 와인이 값싸고 맛있을 땐 프랑스에 가서 사올까 했을 정도로 자주 즐겼다. 이렇듯 열량이 높은 술을 즐기다 보니 체중이 부쩍 늘어날 때가 많았다. 그럼 도저히 예전의 옷을 못 입게 될 지경에까지 이르렀다.

그래서 53세 때 100일 간의 다이어트를 결심하고 하루에 딱 1200칼로리만 먹었더니 100일 동안 무려 12kg이나 빠졌다. 그 후로도 몸이 좀 불었다 싶으면 입고 싶은 옷을 벽에 걸어 두고 다이어트를 했다. 굶어서 뺀 게 아니라 칼로리 조절로 뺐다. 체중을 맘대로 조절한 것이다.

나는 피부 연구를 위해 영양학도 공부했다. 피부는 표피만 가꾼다고 절대 좋아지지 않는다. 안에서부터 피부를 좋게 만들어야 한다. 이게 바로 인사이드 코스메틱이다. 그리고 다이어트를 한다고 무조건 굶는 것은 피부에 치명적이다. 살을 빼려면 칼로리가 적고 영양분이 많은 것을 먹어야 한다. 두부, 양파, 양배추, 콩, 치즈, 당근 등은 칼로리가 적고 영양분이 많아 피부와 다이어트에 도움이 되는 것들이다.

체중을 줄이는 데 많은 도움을 주는 비타민도 알아보자. 비타민은 인체의 기능을 유지하기 위해서 필수적이다. 하지만 두세 종류를 제외하면 체내에서 합성이 안 된다. 따라서 계속해서 보급해 주지 않으면 신체 기능에 문제를 일으킬 수밖에 없다.

비타민의 활동을 자동차에 비유하자면 엔진 점화플러그와 같다고 보면 된다. 연료가 충분해도 점화플러그가 작동하지 않으면 엔진이 움직이지 않는 것처럼 인체도 비타민 없이는 부드럽게 움직이지 않는다. 영양학적으로 비타민은 생체의 산화작용과 환원작용에 관여하여 신진대사를 조정한다. 이 때문에 조금이라도 결핍되면 몸 전체가 위험비만, 성인병에 처한다.

그리고 에너지원이 되는 기본적인 것으로 포도당이 있다. 이것은 탄수화물과 단백질이 체내에서 화학변화를 일으켜 생긴다. 포도당은 완전 연소해야 충분한 에너지를 낼 수 있으며 물과 탄산가스로 분해되어 체외로 배출된다. 하지만 이런 작용들이 자연스럽게 이루어지지 않으면 불완전 연소로 인해 지방이 되고 만다. 이것이 비만의 메커니즘이다. 이렇게 되지 않도록 포도당의 분해를 돕는 것이 바로 비타민의 힘이다. 구체적으로 비타민B군의 활동이 현저한데, 그 중에서도 비타민B1, B2, B6, 미네랄이 중요한 역할을 한다.

다이어트를 하려면 반드시 단백질이 필수다. 육류에 있는 지방은 체내에서 응고되어 비만을 초래하기 때문에 1주일에 두 번, 먹는 양은 50g

정도가 좋다. 밤에는 섭취를 금하고 아침이나 점심 때 섭취하면 된다. 하지만 고기를 먹고 속이 불편한 사람들은 우유나 두부 같은 식물성 단백질을 섭취하면 좋다. 물론 소화에 부담이 없다면 동물성과 식물성 단백질을 적절하게 섭취하는 것을 권장한다.

비만의 원인은 영양밸런스에 있다. 현재 비만이거나 진행 중인 사람의 칼로리는 충분하기에 탄수화물과 지방을 줄여야 한다. 그리고 편식하거나 식사가 불규칙한 사람은 체중이 줄지 않는다. 비만을 해소하고 건강한 몸을 유지하기 위해서는 영양밸런스와 규칙적인 식생활이 있어야 가능하다. 체중을 줄이고 싶으면 비타민과 미네랄이 인체에 어떤 영향을 주는지 반드시 공부해야 한다. 광고의 유혹에 넘어가 이것저것 구입해서 먹다 보면 더욱 불어난 체중을 확인하게 될 것이다.

사람은 두 가지 타입이 있다. 비만체질과 비 비만체질. 두 타입은 서로 다른 지방조직을 갖고 있다. 그런데 다이어트 한다며 절식하면 몸속의 지방조직들이 전신으로 퍼져나가 부지런히 채운다. 다음에 굶을 때를 대비해 마구 비축해 두려고 안달이 난다. 결국 신체 곳곳에 지방은 더 늘어날 수밖에 없다. 그러니 굶으면서 다이어트 하는 것이 얼마나 어리석은 것인가를 깨달아야 한다. 사람은 식사를 통해 생명을 유지하고 있기 때문에 정확하게 식사를 해야 한다. 빨리 살을 빼고 싶은 마음에 밥을 안 먹는다든지 약을 써봤자 그때뿐일 뿐 다시 제자리로 돌아간다.

설명이 길었다. 정리하자면, 영양밸런스 있게 다이어트를 하면 두 번 다시 지방이 붙지 않는다. 또 구체적으로 아침, 점심, 저녁, 간식까지 공복을 느끼지 않게 실천하면 분명히 살은 빠진다. 또한 미네랄과 비타민을 무시하면 안 된다. 비타민과 미네랄을 충분히 섭취해야 건강하고 아름답게 다이어트가 된다. 다시 한 번 강조하지만 살 빼는 약은 절대로 쓰지 말아야 한다. 나중에 반드시 부작용으로 고생한다.

다이어트 기본 식단 (1일 1200칼로리 메뉴)

아침 식단	
양식	한식
• 야채수프 • 식빵 1장 → 식물성 마가린 • 달걀 한 개, 햄 → 달걀은 삶거나 프라이 • 야채는 무제한 → 기름으로 볶을 때는 참기름 또는 샐러드기름 사용 • 커피, 홍차 → 설탕 없이	• 밥공기 ⅔ → 잘 씹어서 천천히 • 국물 → 미역, 두부, 조개 • 달걀 프라이 • 야채 무제한 → 무친 것, 샐러드, 기름에 볶은 것

* 육류는 젊은 사람은 하루 170g 중년 이후는 50g

점심 식단	
양식	한식
• 식빵 • 생선구이 • 야채는 무제한 • 커피, 홍차 → 설탕 없이	• 밥공기 ⅔ → 잘 씹어서 천천히 • 생선구이 • 야채는 무제한 • 두부 • 김치

저녁 식단	
알코올 섭취하는 경우	알코올 섭취하지 않는 경우
• 정종 1홉 또는 양주 더블 한잔, 맥주는 355ml (캔맥주) • 육류 요리는 자유 → 30대까지는 100g, 40대 이후~노년 50g • 야채는 무제한 → 겉절이 샐러드, 해초	• 밥공기 ⅔ → 잘 씹어서 천천히 • 육류 → 구워도 좋고 채소와 볶아도 좋다 • 된장국 • 미역, 두부 • 겉절이는 많이 먹어도 됨. 해초, 야채 좋음

* 저녁은 아무리 늦어도 7시까지

간식
하루에 먹는 양
• 바나나 1개, 유자 1개, 자몽 1개, 사과 1개, 귤 3개, 배 1개, 딸기 10개, 포도 10개, 감 1개 – 이 중에서 한 종류 • 곤약, 표고버섯, 해조류 – 양에 제한 없이 먹어도 좋다

* 과일은 당분이 많기 때문에 많이 먹으면 체중이 늘어난다.

3. 기적의 화장품

나는 머리를 연보라색으로 자주 염색했다. 사실 염색은 굉장히 피부에 나쁘다. 염색한다는 것은 단백질을 녹여 탈색시켜서 화학물질로 물들인다는 것이다. 이 때문에 머리카락이 잘 부서지고 끊어진다. 까딱 잘못하면 두피의 뇌세포로 들어가 피부암을 유발시킬 수도 있다. 그래서 난 보통 1년에 두 번 여름과 겨울에 염색을 했다. 연보라가 연해지면 그레이로 변하고 다음엔 아주 하얗게 되는데 그때 또 들였다. 피부 관리실과 함께 미용실도 운영하다 보니 머리 미용에 대해서도 많은 관심을 쏟았다.

우리 미용실을 찾은 사람들은 내 머리색을 두고 여러 가지 반응을 보였다. 갓 들였을 때는 너무 화려하다며 놀라더니 차츰 색이 연해지면서 품위 있어지면 예쁘다고 난리였다. 일본 할머니들이 내 머리색을 따라 염색했지만 영 어울리지 않았다. 무슨 말이냐면, 피부가 희고 옷을 화려하게 입는 사람에게 어울리는 빛깔이 있고, 차분하게 입는 사람에게 어울리는 빛깔이 따로 있다는 얘기다.

머리를 윤기 나게 관리하는 방법을 하나 소개해야겠다. 우선 머리를 올바르게 감는 것의 기본은 샴푸다. 무공해 좋은 샴푸를 쓰고 혈액순환을 활발하게 해주기 위해 지압을 한다. 머리에 혈액순환을 시켜 주면 얼굴의 피부까지 좋아진다. 다 감고 난 뒤에는 육모제를 발라 마사지한다. 특히 파마 예정인 사람은 머리카락이 상하지 않도록 육모제를 전체에 도포하고 파마를 하면 머리카락이 하나도 상하지 않고 윤기가 난다. 염색 때도 마찬가지다. 머리 감고 난 뒤에 육모제를 바르고 색을 들이면 윤기 있게 잘된다.

사실 여드름이 나고 가려운 원인으로 샴푸를 꼽을 수 있다. 그래서 우리 미용실에서는 허브, 쌀겨, 쑥을 이용해 세 가지 비누를 만들었다. 쌀겨 10%, 허브 10%, 쑥 10%를 넣은 것이다. 그런데 생각해 보라. 허브 비누에는 허브 냄새가 날 리 없다. 왜냐면 허브 꽃을 말리는 과정에서 향이 다 날아가 버리기 때문이다. 만약 비누에서 향이 난다면 그건 합성향이 들어간 것이다. 그러니까 비싸고 향이 난다고 해서 좋은 비누가 아니다.

오히려 제일 값이 싼 비누가 피부에 해가 없다. 냄새가 안 나는 비누가 진짜다. 비누는 방부제를 넣지 않아도 썩지 않는다. 하지만 향을 내려면 방부제가 들어가야 한다. 어디 이뿐이랴. 색소와 여러 가지 물질을 배합하기 때문에 방부제가 반드시 들어간다. 이런 이유들로 비싼 비누가 피부에 더 해롭다는 것이다. 샴푸도 마찬가지다. 향이 나는 샴푸는 그만큼 방부제를 넣었다는 얘기다. 샴푸는 머리 감기에만 국한되지 않고 피부에도 많은 영향을 끼친다. 얼굴을 아무리 잘 관리해도 샴푸를 잘못 써서 피부를 망치는 경우가 많다. 샴푸의 잔존물이 두피 속으로 들어가 피부를 망치고 건강에도 서서히 피해를 끼친다. 한국에서 사우나 갈 때마다 목욕 관리사한테 이렇게 부탁했다.

"얼굴은 절대 문지르지 말고 전체적으로 가볍게 밀어 주세요."

그럼 목욕 관리사는 다 밀고 나서 꼭 오이 팩을 하라고 권했다. 그러면 나는 "오이 팩은 피부에 안 좋습니다. 오이에 솔라렌sollalen이라는 성분이 있어서 팩을 하고 나서 자외선을 쬐면 기미가 생겨요."

전문적인 용어가 나오자 목욕 관리사는 처음 듣는 얘기라며 어리둥절해 했다. 그날 그 정도로 대화를 마쳤지만, 한국에서 피부에 관한 알짜 상식을 담아 책을 내야겠다는 생각이 들었다. 그 어떤 곳의 눈치도 보지 않고 '피부에 대한 진실'을 솔직히 써서 한국 여성들의 피부를 더 이상 상하지 않도록 도움을 줘야겠다고 생각했다.

이왕 말이 나왔으니 화장품에 대해 한마디 해야겠다. 여성들 대부분은 피부가 안 좋으면 먼저 화장품부터 생각한다. 영양크림을 더 사야지, 아이크림을 발라야지 하는 식으로 화장품 처방부터 생각한다. 그러면서 외국 화장품을 더 선호하고 왠지 국산 화장품은 질적으로 못한 거 같다고 느낀다. 하지만 알고 보면 국산도 외국에서 원료를 수입하기 때문에 외국산과 크게 다를 게 없다.

일본에서 꽤 인기 있는 화장품 회사의 회장으로 단언하건대, 우리 화장품이나 일본 화장품이나 원료의 차이가 거의 없다. 그건 프랑스와 미국 화장품도 마찬가지다. 외국 브랜드가 더 좋아 보이는 이유는 단지 비싸기 때문이다. 비싸니까 당연히 좋을 거라는 기대감을 갖기 때문이다. 그래서 화장품업계에서 하는 말이 있다. "한국에서는 비싸야 잘 팔린다. 가격을 싸게 붙이면 안 팔리니까 아주 비싸게 팔아야 한다." 이게 얼마나 웃기는 말인가.

여성들이 많이 바르는 아이크림에는 플라센타placenta라는 물질이 들어 있다. 이건 아기의 태반이다. 화장품에 넣는 걸 금지했음에도 업체에선 여전히 그것을 넣는다. 효과가 빨리 나오기 때문에 한국 여성들이 많이 찾는다. 태반은 아기에게 양분을 공급하기 때문에 당연히 피부에도 좋을 거라 생각하기 쉬우나 그건 대단히 어리석은 착각이다. 피부 생리학적으로 아무런 근거가 없다. 아이크림을 바르고 눈가주름이 없어졌다는 걸 나는 본 일이 없다. 오히려 눈가가 더 검어졌다는 여성들이 많다. 효과가 빠른 만큼 부작용도 심하다는 걸 알아야 한다. 무조건 바른다고 다 좋은 것이 아니다. 이 모든 게 화장품을 잘못 알고 사용한 결과다. 오이 팩을 하면 피부가 좋아진다는 생각도 이젠 바꿔야 할 필요가 있다.

화장품을 맹신하지 말자! 피부 욕심을 버리고 기초지식부터 알아가는 게 중요하다. 피부를 곱게 만들고 싶으면 화장품에 의존해선 안 된다. 화장품은 일시적인 방편이 될지 몰라도 피부 자체가 달라지지 않는다. 피부를 진짜 좋아지게 하려면 먹는 것에 초점을 두어야 한다. '인사이드 코스메틱' 즉, 속으로 피부 관리를 해야 좋아진다. 한마디로 오이 마사지 열 번보다는 오이 한쪽을 먹는 게 훨씬 효과적이다.

건강한 식생활, 그게 곧 기적의 화장품이다. 생선과 육류와 야채를 골고루 먹도록 하자. 특히 김치겉절이나 데쳐 먹는 나물에 욕심을 부리자. 버섯 종류도 면역기능이 높기 때문에 고기를 구워 먹을 때 함께 넣어 먹자. 돼지고기도 비타민B가 많으니까 맛있게 먹되 당근, 무, 감자를 함께 먹으면 그게 바로 미용식이다. 먹는 일에 치중하자. 그게 피부의 노화를 막고, 피부에 윤기를 만들어 주는 지름길이다. 그러면 몸이 웃고 피부가 웃는다.

4. 진짜 피부 관리사

화장품은 피부에 안 좋다. 그래도 화장을 한다. 거울 앞에 앉아 눈썹과 입술을 그리면서 점점 나아지는 모습에 만족해한다. 그것이 정신적 행복인 것이다. 그래서 나는 기초 화장품뿐만 아니라 메이크업에 대해서도 연구했다.

사실 화장은 필수적인 것만 하는 게 좋다. 늘 화장 속에 묻혀 살면 피부는 배로 노화되기 때문이다. 화장은 엷게 할수록 청결해 보이고 피부가 곱다는 말을 많이 듣게 된다. 우리 피부 관리실 직원들은 내가 굳이 얘기하지 않아도 화장을 안 한다. 피부가 곱다는 말을 많이 들어서다. 나의 지식과 경험상 가장 효과적인 피부 관리방법은 바로 '쉼'이다. 피부가 건강하려면 육체적으로나 정신적으로 편해야 한다. 기분 좋게 푹 자고 일어나면 피부에 생기가 돌지 않는가.

흙에 좋은 성분이 많다며 팩을 하는데 사실 이것도 좋지 않다. 흙에는 각질분해 효소가 들어 있기 때문이다. 그럼에도 흙 관련 제품을 내놓아 돈을 번 화장품 회사가 많다. 물론 흙에는 각질제거 기능이 있기 때문에 팩을 하고 나면 피부가 만질만질해진다. 하지만 그 후에는 어떻게 될까. 피부 생리를 모르는 사람은 당장 피부가 미끈해지기 때문에 흙을 신봉하게 된다. 하지만 흙 팩으로 각질이 없어진 상태가 되면 기미가 많이 생긴다는 것을 알아야 한다.

예를 들어보자. 방송을 통해서 농부들의 굵고 튼 손을 많이 보았을 것이다. 하루 종일 각질분해 효소가 들어 있는 흙을 만지다 보니 피부에 윤기가 없어지고 트는 것이다. 정말 흙이 피부에 좋다면, 하루 종일 흙을 만지는 농부의 손은 당연히 매끄러워야 마땅하다.

전문적인 미용강사가 되려면 지식이 풍부해야 한다. 지식이 적으면 올바른 조언을 해줄 수 없다. 사람마다 처한 환경이 다르기 때문에 각각 그들에게 맞는 것을 알려 주어야 한다. 모두 똑같이 해준다면 누가 못하겠는가. 그리고 아무리 자연식물이라도 피부에 좋고 나쁨을 반드시 알아야 한다. 인간은 서로 DNA가 다르기 때문에 각각의 특성을 지닐 수밖에 없다. 따라서 남의 피부를 관리해 준다는 게 그렇게 간단치가 않다. 같은 양분을 섭취해도 키로 가는 사람이 있는가 하면 살로만 가는 사람이 있다. 정말 알면 알수록 인체는 신비롭다.

스킨케어는 아름다운 피부를 유지하기 위해 피부를 어떻게 가꾸어야 하는가가 그 행위와 개념이다. 그래서 의학적인 피부 생리에 대해서 잘 알아야 한다. 피부에 대해서 원초적으로 이해할 수 있는 능력을 가지고 있어야 한다. 또한 생활환경의 여러 가지 인자 즉 물, 열, 화학물질, 스트레스, 수면 등에 대한 피부 생리학적 반응에 대한 지식을 갖춰야 한다.

원래 화장은 건강한 피부에 하는 것이지, 피부 질환을 갖고 있는 얼굴의 결점을 감추기 위해서 하는 것이 아니다. 피부에 결점이 있는 경우에는 아무리 화장을 공들여 해도 아름다워질 수가 없다. 그래서 피부 관리사가 피부 생리를 잘 알아야 무리 없이 피부 생리 원칙에 따라 관리할 수 있다. 그런데도 많은 여성들이 병적일 정도로 화장을 하고 있다.

피부를 보호하려면 샴푸도 굉장히 중요하다는 것을 거듭 강조한다. 두피는 안면의 몇 배나 되는 피지가 분배되고 48시간이 지나면 자극물질로 변한다. 그렇기 때문에 머리카락을 만진 손으로 얼굴을 만지면 곧 트러블의 원인이 된다. 시중에 판매되는 샴푸, 바디클렌저, 린스 등은 모두 석유로 만든 화학제품이기 때문에 가능하면 사용하지 않았으면 좋겠다.

샴푸의 원료를 알고 나면 끔찍하다. 파라핀살균, 곰팡이 방지, 방부제, ABS유화, 살균 유난제, 향료알레르기, 탈색소발암물질 등이다. 이런 것들은 수십 번 헹궈도 피부에 남고 몸속으로 흡수되어 영원히 분해되지 않아서 간 기능에도 나쁜 해를 끼친다. 두발용 무스도 마찬가지다. 화기엄금 또는 가연성 같은 살충제와 똑같은 주의사항이 적혀 있다. 여기엔 택시 연료로 사용되는 LPG가 들어 있다. 그럼에도 소비자들은 아무 의심 없이 사용한다.

수돗물 속 염소는 피부를 자극하기 때문에 미지근한 물로 씻는 것이 좋다. 피지의 분비가 많고 여드름이 잘 생기는 피부는 약산성 세안파우더로 자주 세안하면 좋다. 비누는 피부에 유해한 향료와 착색료가 들어 있는 것이 많기 때문에 세안에는 별로 좋지 않다. 또 보존제, 살균제 등이 들어 있는 것이 대부분이기 때문에 어린아이는 물론 성인이라도 사용하지 않는 것이 좋다.

이런 내용을 쓸 때마다 나는 화가 나고 우울해진다. 어찌하여 이렇게 건강에 유해한 것을 당당하게 제조하여 판매하는 업자가 있고, 광고하는 사람이 있고, 이런 것을 허가하는 사람이 있단 말인가. 그리고 우리는 바보같이 그런 상술에 속아 땀 흘려 번 돈을 쓰고 있는가 말이다. 자신도 모르는 사이에 병적인 피부로 변하고, 병원에 뛰어가서 심한 부작용으로 신음하는 여성들이 상당한데도, 대부분 '나에겐 그런 증상이 안 나타나니 내 알 바 아니'라며 괜한 돈만 뿌리며 살아간다.

피부 미용에 종사하는 사람은 이런 고객의 약한 마음을 악용하지 말아야 한다. 고객의 입장에서 대우하고 생각하는 마음이 필요하다. 그렇게만 한다면 틀림없이 그 분야에서 성공할 수 있을 것이다. 그리고 앞서 말했듯이 식물학, 피부 생리학, 영양학, 심리학 등 다방면에 걸쳐 깊이 알고 있어야 한다. 진짜 좋은 피부 관리를 받으면 사람의 입 안에는 자연스레 맑은 침이 돈다. 바로 그런 맑은 침이 고이도록 관리해 주는 피부 관리사가 진짜 피부 관리사다.

5. 피부 미인 콘테스트

여자는 나이 들면 예쁘다는 소리보단 젊어 보인다는 소릴 더 듣고 싶어 한다. 그건 아마도 스스로 젊음이 사그라지고 있다는 걸 인정하고 있어서일 것이다. 나는 80세 됐을 때에도 환갑이냐는 소릴 자주 들었다. 십년은 젊어 보인다는 말이 괜히 나온 게 아니다. 그만큼 피부가 건강하면 본 나이보다 어리게 보인다. 그런데 이십 년이나 젊어 보인다니 얼마나 듣기 좋은 말인가.

예전에 여권을 갱신하려고 영사관에 갔는데 그곳 여직원이 언제 찍은 사진이냐고 물었다. 그저께 찍은 사진이라고 하니 거짓말하지 말라며 믿지 않았다. 그래서 왜 그러냐고 물으니까 5년 전 사진보다 더 젊어 보인다는 것이다. 너무 기뻤다. 드디어 우리 방법으로 연구한 효과가 지금 나오는구나 싶었다. 오랜만에 만난 친구들도 어쩜 피부가 그리 곱냐며 야단이다.

미인은 잠꾸러기라는 말이 있다. 잠을 잘 자는 것도 피부 미용의 조건이다. 나는 비행기를 타도 레드와인 한 잔 마시고 도착할 때까지 열 몇 시간이고 깨지 않고 푹 잔다. 같이 여행 간 친구들은 잠을 못자서 피곤에 시달렸다. 그래서 나중에 호텔로 전화해서 뭘 두고 왔으니 집으로 보내 달라 부탁하며 난리다. 하지만 잠을 푹 잔 나는 그런 게 전혀 없다. 집에 와서도 여독 없이 바로 활동을 시작했다. 늘 얼굴에 화색이 돈다는 얘길 듣는 것도 잠을 잘 자기 때문이다.

나는 구십을 넘기고도 내 손으로 직접 건강식을 만들어 먹는다. 그런데 요즘 사람들은 인스턴트 음식을 너무 많이 먹는다. 쉽게 배를 채워주는 음식은 열량이 높고 필수영양소가 떨어진다. 당연히 건강에 도움이 되지 않는다. 괜히 정크 푸드Junk food라 부르겠나. 과일도 마찬가지다. 과일은 신선하게 바로 잘라먹어야 영양가가 좋다. 아무리 방부제를 안 넣었다고는 하나 잘라서 포장된 것이 어찌 신선한 과일만 하겠는가.

주거환경도 문제다. 예전에는 창문이 많아도 방바닥의 온기만으로 그 매서운 추위를 견디며 살았다. 하지만 지금은 창문을 꼭 닫아서 먼지가 오도가도 못 한 채로 살고 있다. 청소할 때도 환기시키지 않고 청소기로만 하니까 먼지가 집 안에서 옴짝달싹 못한다. 그러니 툭하면 감기에 잘 걸리게 되는 거다.

사우나도 그렇다. 한국 여성들은 필요 이상으로 사우나에 오래 머문다. 다들 피부를 가꾸려고 그렇겠지만 사우나에 오래 있으면 땀을 많이 흘려 땀구멍이 커진다. 또한 몸이 더 피로해지고 건강에도 좋지 않다.

여하튼 아름다운 피부를 가꾸기 위해 여성들이 쏟는 노력은 눈물이 날 지경이다. 나는 그런 노력들을 좀 더 올바른 방향으로 바꿔보고 싶다는 일환으로 '피부 미인 콘테스트'를 계획했다. 여성들의 아름다운 피부를 잘 보존할 수 있도록 적극 장려하고 싶었다. 보통 '미인 대회'는 젊은 여성들을 대상으로 했지만 난 그게 싫었다. 나이 많은 사람도 미인이 될 수 있다! 나이 들어도 자신을 아름답게 보존할 수 있지 않은가!

그래서 피부 미인 콘테스트를 열면서 나이에 상관없이 응모를 받았다. 1년에 한 번, 매년 내 생일에 맞춰 11월10일에 개최했다. 우리 회사에서 주최했는데 대리점들까지 참여해서 대대적으로 열렸다. 대리점에서 관리하는 사람들 중에 피부에 자신 있는 사람은 거의 다 참여했다.

그동안의 대회 중에서 가장 기억에 남는 대회가 있다. 피부가 아주 깨끗하고 아름다운 53세 중년에게 그랑프리 주고, 28세 아가씨에게 2등, 그리고 칠순 할머니에게 특별상을 주려고 했다. 그런데 채점표를 합산해보니 놀라운 결과가 나왔다. 심사위원들 전부 칠순 할머니를 1등으로 꼽은 것이다. 혹시 노인에 대한 존중으로 그런 거냐고 물었더니, 심사위원들은 존중이 아니라 정말 할머니 피부가 너무 고와서 그런 거라 입을 모았다. 심사위원장인 나도 결국 그 할머니를 뽑았고, 할머닌 너무 좋아서 어쩔 줄 몰라 했다.

1등을 한 할머니에겐 하와이여행 1주일 티켓 2장과 부상으로 사바비안 화장품 1년분을 주었다. 2등은 괌 여행과 사바비안 화장품 6개월분을 주었고, 3등은 한국여행과 사바비안 화장품 3개월분을 주었다. 모두 내가 비용을 댔지만 정말 기분 좋은 행사였다. 이후 '사바비안 코리아'가 본격적으로 운영되면서 격년제로 한국과 일본에서 개최하길 반복했다. 물론 한국에서도 많은 참가자들이 몰려들어 성황리에 끝마쳤다.

2010년 한국에서 열린 피부 미인대회 / 모자 쓴 이가 필자

난 항상 이렇게 생활하다가 그대로 가긴 싫다는 생각에 뭔가 이벤트를 자꾸 벌이고 싶다. 아들들도 다들 장성해서 내 곁을 떠났으니 결국 나는 고독한 노인이다. 그래서 남은 인생이 행복해지려면 내 자신밖에 없다는 결론을 냈다.

생각을 바꿔야 행복하다. 생각을 바꾸는 게 가장 빠르다. 그렇지 않으면 항상 남을 원망하게 되고 남을 원망하면 내 자신이 더 비참해진다. 자식이 없다고 한탄할 필요가 없다. 옛날부터 자식은 애물단지라고 했다. 키울 때나 재미지 잘못 키우면 죽을 때까지 부모 애먹인다. 그리고 자식에게 집착하면 자기 자신이 불행해진다. 난 이제 자식들에 대한 욕심을 버리니 맘이 편하다. 내 자신에게 더 관심을 적극적으로 쏟고 싶다.

평생 여성들의 피부 미용에 내 삶의 목적을 두었다. '피부 미인 콘테스트' 개최는 내 인생에 있어 큰 보람이 아닐 수 없다. 그리고 그곳에서 만난 수많은 참가자들과의 인연은 기억 속에서 보석처럼 빛나고 있다.

6. 아름다움의 열쇠

엊그제가 낭랑 18세였던 것 같은데 어느새 아흔넷이 되었다. 젊은 사람들이 보기엔 굉장히 나이가 많다고 느끼겠지만 내 마음은 아직도 홍안紅顔의 소녀 같기만 하다. 그렇지만 어떨 때는 너무 오래 살았나 싶은 생각이 들기도 한다. 한 가지 아쉬운 것이 있다면 평생 열렬하게 사랑해

본 적이 없다는 것이다.

나무를 보라. 신록일 때도 싱그럽지만 겨울 오기 전에 마지막을 불태우는 단풍은 얼마나 아름다운가. 나도 그런 단풍처럼 불타는 사랑을 한번 해보고 싶었다. 죽기 전에 열렬히 사랑하고 싶다는 열망이 있었다. 하지만 지인들은 내 평생 남자를 만나지 못할 것이라고 했다. 불타는 사랑은 내게 있을 수 없단다. 내 눈이 너무 높아서 그런 남자를 찾기 힘들 거란다.

생각해 보면 연애란 괴로운 일이다. 사랑하는 사람하고 줄곧 같이 있고 싶은 것이 연애 아니겠는가. 그러니 괴롭다. 옛날 남편과의 연애를 돌이켜보면, 늘 같이 있고 싶었지만 워낙 아버지로부터 무서운 얘기를 들어서 둘이만 있는 것은 엄청난 죄인 줄 알았다. 아버지가 내게 해준 무서운 얘기는 이랬다.

"친척 어느 양반가의 절세가인 예쁜 딸이 임신을 했다. 이에 아버지는 가문의 수치라며 딸을 마루 밑에 넣고는 새끼줄을 목에 걸고 당겨서 목숨을 끊게 했다. 그리고 야음을 틈타 하인들을 시켜 공동묘지에 묻어 버렸단다."

어린 나이에 이 이야기를 듣고 어찌나 무섭던지. 그이가 함께 있자고 할 때마다 그 이야기가 떠올라 같이 지낼 엄두를 못 냈다. 아마 단 둘이 있고 싶다는 마음보다 무서움이 더했던 거 같다.

요즘 사람들은 이해를 못 하겠지만, 당시 그이와 연애를 할 때는 극장에 가도 표를 세장씩 끊었다. 꼭 우리 둘 사이에 어머니나 언니를 앉히고 영화를 봤다. 그래서 더욱 애틋한 마음이 들었던 걸까. 늘 가까이 할 수 없는 마음에 더욱 연정이 쌓였다. 결혼 후 2년이 지났을 때 이런 질문을 남편에게 했던 기억이 난다.

"아니, 밤에 잘 때 그 요령을 어떻게 다 알았어요? 누가 가르쳐 줬나요?"

그러자 남편은 학교 다닐 때 선배들이 기생집에 데려갔다고 했다. 그 말을 듣고 어찌나 놀랐던지. 성性은 여자들에게는 폐쇄적이라도 남자들에게는 다 출구가 있구나 하는 생각이 들었다.

지금 생각하면 남편과 나는 열렬한 연애를 했다기보다는, 그이의 연서로 인한 설렘과 그리움이었다. 그이는 워낙 과묵해서 내 친구들이 집으로 놀러 와도 오셨냐는 인사만 하고 얼른 자기 방으로 들어가 버렸다. 난 그런 과묵함이 좋았다. 나한테만 말을 잘하고 다른 사람들한테는 수다스럽지 않은 남자였다.

영화 〈바람과 함께 사라지다〉의 주인공 클라크 게이블처럼 돈 많고 야성적인 남자도 멋있지만, 그보다는 〈로마의 휴일〉에 나오는 그레고리 펙처럼 과묵하면서도 지적인 남자가 좋다. 그가 싱긋 웃으면 마음속 근심까지 사라질 정도로 끌렸다. 여배우도 엘리자베스 테일러처럼 예쁘기만 한 여자보다는 〈마음의 행로〉에 나오는 그리어 가슨처럼 귀부인 같고 뭔가 매력이 풍기는 여자가 좋다. 너무 예쁘기만 한 여자는 매력이 없다. 남자도 마찬가지로 잘생기기만 하면 매력이 없다. 분위기가 점잖으면서도 낭만적인 남자가 매력적이다.

그러나 이성을 공략할 때는 점잖기만 해서는 안 된다. 성격이 점잖더라도 행동은 적극적이어야 한다. 내가 남편과 결혼한 이유는, 그가 점잖으면서도 굉장히 적극적이었기 때문이다. 내가 다른 남자한테로 눈 돌리지 못하도록 적극적이었다. 아무래도 여자는 자신에게 잘하고 적극적인 남자에게 마음이 끌릴 수밖에 없다. 연애도, 사업도, 조건을 무릅쓰고 적극적으로 하는 사람이 결국 승리한다.

가령 나를 좋아하는 남자 A, B, C가 있다고 치자. 그럼 속으로만 좋아하는 남자랑 이루어질까? 아니면 적극적으로 다가오는 남자랑 이루어질까? 당연히 적극적인 남자에게 마음이 끌리게 돼 있다. 남자도 그렇고 여자도 그렇고, 상대방이 썩 맘에 들지 않아도 자꾸 날 위해 뭔가를 하면 마음이 끌리는 법이다.

아흔 넘은 할머니가 주책이라고 할지 모르겠지만, 난 지금이라도 당장 뜨거운 사랑을 하고 싶다. 그 언젠가 만날게 될지 모를 사랑을 위해 절대로 흐트러지지 않게 아름다움을 간직하고 싶다. 그런 소망이 있기에 나는 단 하루도 가꾸지 않은 날이 없다. 언제 만날지 모를 그런 기대감 때문에라도 아무렇게나 지낼 순 없다. 기다리는 여성은 아름다울 수밖에 없다. 포기하지 않고 늘 긴장감이 있기 때문이다.

그래서 뭐든지 잘 먹되 식사시간을 지키고 소화가 잘 되도록 천천히 씹어 먹는다. 물론 운동도 한다. 사계절 매일 아침 한 시간씩 걷는다. 한 시간씩 걷되 100m를 1분 이내에 돌파한다. 친구들은 뭐가 그리 바쁘냐고 야단이지만, 나는 평소에도 운동이라 생각하고 걷기 때문에 걸음이 빨라질 수밖에 없다.

아침 다섯 시면 일어나서 차 마시고 정원에 나가 손질한다. 잡초 뽑고 물을 주다 보면 예쁜 꽃들이 날 보고 웃는 듯하다. 머리에서 발끝까지 잘 갖춰 입고 신으며 나 자신을 치장할 때 가장 행복하다. 여성이 아름다움을 지키고 있는 것만큼 예쁜 일이 또 어디 있겠는가. 하물며 자기 할 일을 다 하고 내적으로도 아름다운 여자가 외모까지 깨끗하게 잘 가꾼다면, 주위의 많은 남성이나 여성들에게 선망의 대상이 될 것이다. 그리고 자기도 모르는 사이에 짝사랑하는 사람이 많아질 것이다. 하지만 무엇보다 자기가 가장 행복하다. 행복하면 더 예뻐진다. 그게 바로 행복해야 하는 이유다.

나는 젊은이들과 어울리는 것을 좋아한다. 특히 애정을 쏟고 싶은 젊은 여성들을 만나면 이런 얘기를 꼭 한다.

"1년 계획을 세울 때 노는 계획부터 세워라. 놀려면 돈이 필요하기 때문에 열심히 일할 수밖에 없다. 노는 계획을 세워야 더 열심히 뛰게 된다. 그리고 뒤돌아보지 말고 사랑해라. 왜냐면 사랑할 때 가장 피부가 아름답기 때문이다. 사랑하고 있으면 나이와 상관없이 아름다움을 갖출 수 있다. 20세면 20세의 아름다움이 있고, 70세면 70세의 매력이 있다. 이성을 사랑하는 마음도 중요하지만 삶을 사랑하는 마음도 중요하다. 항상 싱싱하고 건강하고 즐겁게 늘 감사하는 마음을 간직해라. Successful Aging은 '나이를 먹었으니까' 하는 생각보다 '나이가 몇 살일지라도' 하는 생각으로 사는 것이다."

와인은 숙성이 중요하다. 인간도 연령이 더해진다는 것은 숙성의 과정이다. 인간으로서의 깊은 맛이 느껴지고 마음을 감동시키는 아름다운 사람의 향기로 더욱 빛을 발한다는 의미일 것이다. 아름다움에 이르는 데는 정신적 안정이 50%라고 한다. 이제부터는 조금이라도 젊게 보이기 위해 지나치게 광고에 의존했던 잘못된 습관들을 과감하게 버렸으면 한다. 스스로 상식을 갖추고 뚜렷한 주관으로 자신의 아름다움을 찾도록 노력한다면 분명히 좋은 성과가 있을 것이다. 누구나 아름다움의 열쇠를 가지고 있다. 그 열쇠를 방치하지 말고 사용하면 아름다움을 마음껏 누릴 수 있다.

생활 속 피부 관리

1. 매일 하는 피부 손질

피부 고민도 가지가지다. 기미, 주름, 여드름, 까칠까칠하고 칙칙한 피부, 생기와 탄력이 없는 피부 등 피부 고민을 해결하기 위하여 약국, 병원, 에스테틱샵 등에서 여러 가지 방법을 동원해 보지만 문제해결은 여전히 어렵다. 이럴 때는 서두르지 말고 냉정하게 자신의 피부를 바로 보아야 한다. 어렵게 생각할 필요가 없다. 열이 나서 목이 마를 때 찬 수건을 이마에 얹고 냉수로 목을 축이고 안정을 취하지 않는가. 피부도 똑같이 하면 된다.

① 입술의 벌꿀 팩

나이를 먹을수록 입술도 건조해진다. 벌꿀 팩은 입술 색을 선명하게 돌려놓는데 좋다.

- **준비물** 벌꿀, 미네랄 물티슈
- **방 법**
  - 꿀을 입술에 충분히 바른다.
  - 미네랄 물티슈를 덮어 놓는다.

– 5분 정도 지나면 입술이 촉촉해지는데, 그 5분 동안 림프선 마사지를 한다. 마사지는 엄지손가락으로 턱의 끝부분에서 천천히 귀 뒷부분으로 향하게 얼굴윤곽을 따라 림프선을 의식하면서 하면 된다.

② 급할 때 하는 피부 관리

피부 손질을 받을 시간이 없을 때 집에서 할 수 있는 피부 케어로 가장 완벽한 코스이다.

- **준비물** 커트 면, 스팀타월, 미네랄 미스트, 보습크림
- **방 법**

– 먼저 피부를 깨끗이 정리한다.

– 이때 욕조에 몸을 담그고 하면 가장 효과적이다.

– 림프 마사지를 한다.

– 스팀타월로 약 5분간 얼굴을 덮는다. 스팀타월은 끓는 물에 넣었다가 짜서 사용하는 것을 권한다. 타월은 약간 차게 될 때까지 두는 것이 좋은데, 이로 인해 모공이 열리고 보습크림 흡수가 잘 된다.

– 미네랄 미스트를 얼굴 전체에 뿌려주고 10초 정도 기다린다. 커트 면을 얼굴에 밀착시키고 보습크림을 바르고 편하게 쉰다.

2. 림프 마사지

처짐이나 붓기가 없는 탄력 있는 얼굴은 나이보다 훨씬 젊게 보인다. 체내에 노폐물이 쌓인 사람은 신진대사가 원활하지 못하여 아침에 일어났을 때 눈꺼풀이나 얼굴이 붓는다. 우리의 몸에는 림프관이라고 하는 순환계가 있고, 림프관에는 죽은 세포와 혈구 등의 노폐물을 운반하는 림프액이 흐르고 있다.

림프 마사지는 이 림프의 활동을 촉진하는 중요한 작업으로, 피부 손질이나 세안 전에 하는 기본단계로써 체내의 노폐물을 잘 흐르게 하는 역할을 한다. 즉 체내에 쌓여 있는 노폐물을 먼저 배출시킨 후 케어를 하면 더욱 효과가 좋다. 또한 림프 마사지는 아침에 일어났을 때나 밤에 목욕을 마친 뒤 몸과 손이 따뜻할 때가 하면 효과가 더 크다. 지금부터 언급하는 림프 마사지는 다음과 같은 효과에 중점을 둔다.

- 부종을 해소한다.
- 혈액순환을 잘 되게 하여 안색을 좋게 한다.
- 지압효과로 처진 얼굴을 리프팅 한다.
- 얼굴라인을 드러내고 이중 턱을 해소한다.
- 목선을 아름답게 하여 젊게 보이도록 한다.

① 얼굴 라인을 위한 림프 마사지

귀와 목 주위 림프절의 순환이 나쁘면 이중 턱의 원인이 되고 얼굴윤곽이 느슨해 보여 나이가 더 들어 보인다. 이 마사지는 턱부터 귀까지 얼굴 라인을 잘 살려주어 얼굴축소와 함께 젊어 보이게 해준다.

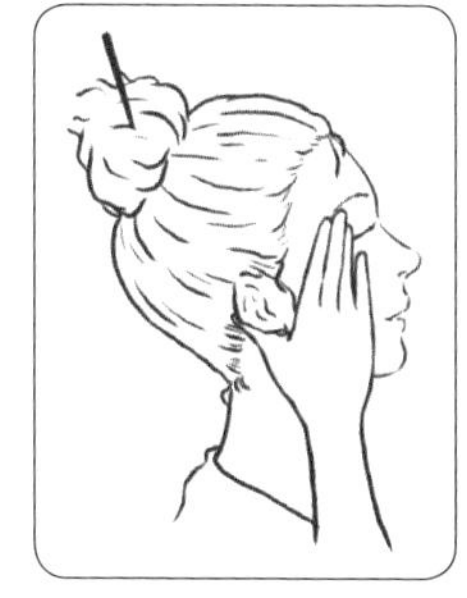
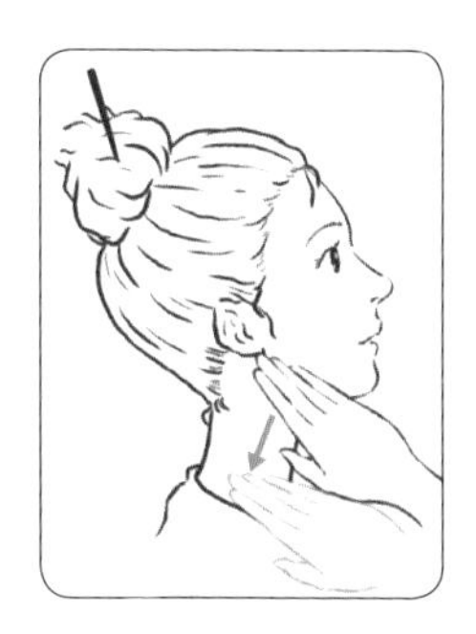

- 양쪽 엄지손가락으로 턱 뒤쪽 윤곽을 따라서 귀밑을 향해 지압하면서 쓸어 올려 준다.
- 귀밑에 이르면 귀밑샘을 지그시 눌러 노폐물을 나오게 한다.
- 오른손 가운뎃 손가락으로 왼쪽 귀밑샘을 누르고 손바닥은 편다.
- 손바닥을 그대로 쇄골을 향하여 흘리듯이 쓸어내린다.
- 이번엔 왼손 가운뎃 손가락으로 오른쪽 귀밑샘을 누르고 손바닥은 편다.
- 마찬가지로 손바닥을 그대로 쇄골을 향하여 흘리듯이 쓸어내린다.

② 얼굴 라인을 위한 림프 마사지 - 특히 40세 이후를 위하여

- 엄지손가락으로 턱의 뒷부분을 누르면서 나머지 네 손가락은 그림과 같은 모양으로 턱을 잡는다.
- 그대로 얼굴중심에서 바깥으로 밀면서 귀 쪽을 향하여 양손을 천천히 이동시킨다.

③ 얼굴 리프팅을 위한 림프 마사지

- 림프절이 있는 귀밑샘을 엄지로 누르고 나머지 손가락은 펴서 얼굴 가장자리를 감싸듯 한다.
- 관자놀이를 향하여 입꼬리가 올라가도록 밀어 준다. 이때 어금니를 꽉 다문다.
- 처져서 주름이 되기 쉬운 얼굴은 이마와 머리의 경계부위를 가운데 세 손가락으로 가볍게 지압을 하면서 관자놀이를 향하여 노폐물을 흐르게 한다.
- 이마의 느슨해진 피부를 좌우로 쓸어 준다.

④ 혈색을 위한 림프 마사지

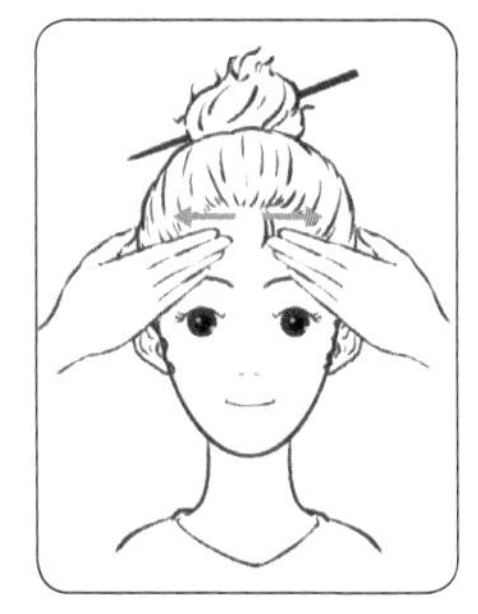

- 엄지손가락으로 귀밑샘을 지그시 누른다.
- 양손 바닥으로 얼굴 전체를 감싸고 누른다.
- 손바닥을 천천히 뗀다.

⑤ 목을 위한 림프 마사지

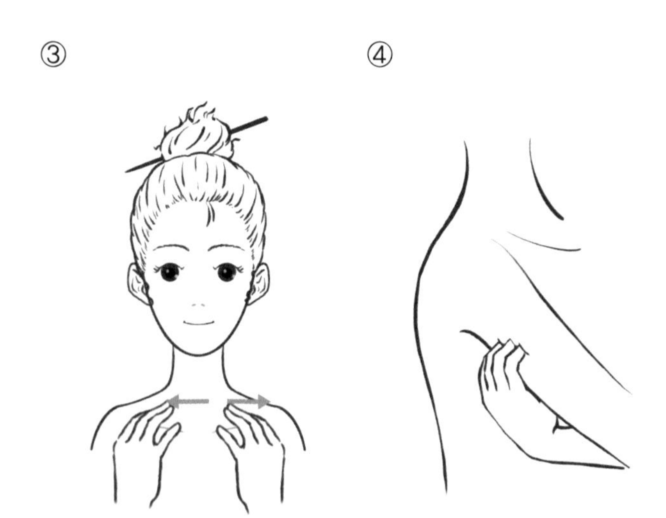

[미용에 관한 림프절]

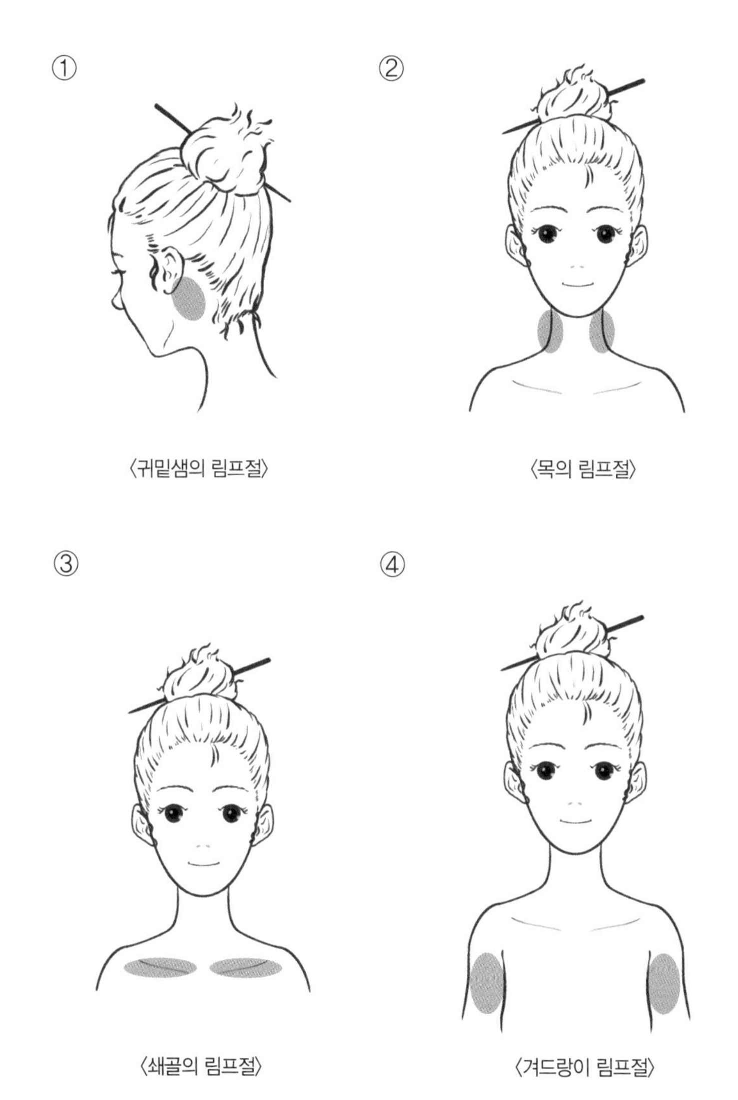
①
〈귀밑샘의 림프절〉
②
〈목의 림프절〉
③
〈쇄골의 림프절〉
④
〈겨드랑이 림프절〉

• 보습 에센스를 손가락에 충분히 바르고 양손 가운뎃손가락으로 귀밑샘을 누른다.

• 손가락 전체를 사용해서 목의 측면을 따라 쇄골을 향해 쓸어내린다.

• 쇄골 림프절에 네 손가락을 넣어 가운데에서 바깥쪽으로 어깨 쪽을 향해 노폐물을 밀어내듯 쓸어 준다.

• 마지막으로 겨드랑이 부분을 림프 마사지 한다.

3. 계절별 피부 손질

① 봄철 피부 손질 시 주의할 점

많은 여성들이 볕이 강해지는 여름이 오고서야 자외선차단에 신경을 쓰지만, 겨울이 지나고 봄이 올 때 자외선 대비를 철저히 해두면 여름의 강한 햇볕에도 잘 타지 않는 피부가 된다. 봄은 피부에 중요한 시기이다. 피부 상태를 잘 관찰하고 파악하여 건성피부인 사람은 보습에 만전을 기하고, 눈 주위에 잔주름이 있거나 각질이 일어나서 거칠고 매끄럽지 않은 피부는 미백 보습 에센스를 자주 발라 주고 햇볕에 타지 않도록 노력해야 한다. 이렇게 보습에 만전을 기하는 이유는 수분이 많고 촉촉한 피부는 햇볕에 쉽게 타지 않기 때문이다.

② 여름철 피부 손질 시 주의할 점

땀을 자주 흘리게 되는 여름은 피부에 악영향을 미친다. 땀을 흘리고 염분을 방치하면 피부트러블의 원인이 된다. 그래서 가급적이면 미네랄 티슈를 가방에 넣고 다니면서 땀을 흘렸을 때 곧바로 닦는다. 특히 하루 종일 에어컨을 쐬게 되면, 피부의 수분이 날아가 피부가 쉽게 건조해진다. 건조해진 피부가 자외선을 쬐게 되면 기미가 생기기 쉽다. 땀 흘린 뒤에 염분이 피부에 남지 않도록 미네랄 티슈로 깨끗이 닦은 후 미네랄 미스트나 미백 보습 크림을 바르면 좋다.

③ 가을철 피부 손질 시 주의할 점

가을에는 여름의 강한 햇빛과 땀의 염분에 시달린 피부를 충분히 아껴 주고 보호해서 피부 컨디션을 정상화해야 한다. 햇볕에 탄 피부는 거칠고 껍질이 일어나곤 하는데 상처가 많을수록 이것저것 많이 바르는 경향이 있다. 이는 피부를 몹시 괴롭히는 일이다. 세안 후 미백 보습 에센스를 바르고 미네랄 티슈로 수분을 보충한다. 화장이 잘 되려면 각질이 정돈되어 기초화장이 각질에 잘 침투하여 피부가 매끄럽고 부드러워야 한다. 될 수 있으면 화장을 진하게 하지 말고 외출하시 않을 때는 화장을 하지 말자. 피부 스스로 수분과 유분 밸런스를 맞추도록 피부를 관리해야 한다.

④ 겨울철 피부 손질 시 주의할 점

겨울에는 야외의 차가운 바람과 실내의 난방으로 피부가 혹사되는 계절이다. 피부는 자기 방어 본능을 발동하기 때문에 표피가 굳고 혈액순환도 나빠져 안색도 안 좋아지게 된다. 그래서 겨울엔 피부 깊숙이까지 충분한 영양과 보습이 필요하다. 1주일에 두 번 이상 피부 마사지를 해주어야 혈액순환이 활발해져 피부가 탄력을 회복한다. 아주 추운 날에 밖에서 돌아오면 세안을 한 다음 스팀타월을 얼굴에 덮어 두어 피부가 부드러워진 후 기초화장을 하면 매우 좋다. 그리고 실내온도가 높으면 수분이 빨리 증발하므로 가급적 온도를 낮추어 얼굴의 수분이 촉촉하게 유지되도록 노력하자. 실내에서도 스웨터를 입을 정도로 온도를 낮추되 실내습도를 늘 유지하도록 주의를 기울여야 한다.

4. 생리와 피부

피부 기저층에서 세포가 태어나서 때로 떨어져 나가는 사이클이 보통 28일로 여성의 생리기간과 같다. 이 생리기간을 머릿속에 넣고 피부 관리를 하면 좀 더 효과적이다. 예를 들어 오늘이 생리가 시작한 날로부터 21일이 되면 배란이 끝나고 체내에 모든 물질을 축적하는 기간으로 들어간다. 이때는 다이어트나 운동, 피부 관리 등을 열심히 해도 별로 좋은 결과를 얻지 못한다. 반면 체내에 필요 없는 물질의 배출이 끝난 생리 다음날에는 기분이 좋아지고, 피부도 매끈매끈해지고 신진대사가 활발해져 체중감량이 잘되고 피부 관리 효과도 좋다.

5. 세안은 미용의 기본

화장할 때는 30분에서 1시간이 걸리는데, 지울 때는 2, 3분도 채 걸리지 않는 여자들이 많다. 세안만 잘해도 반은 피부 미인이 된 것이나 다름없다. 세안 순서는 이렇다. 얼굴을 씻어낸 다음, 세안 크림을 거품을 잘 내어 얼굴 전체를 덮고 부드럽게 T존을 문질러 준다. 다음, 물로 충분히 씻은 뒤 부드러운 타월로 닦아낸다.

면봉이나 탈지면에 클렌징 로션을 묻혀 세수하기 전에 아이라인을 청소하면 놀랄 만큼 아이 메이크업이 묻어 나온다. 또 한 번 미네랄 미스트를 뿌려 눈 주위를 닦아 내야 한다. 마스카라, 아이라인, 아이섀도 등으로 눈 화장을 많이 하는 사람은 이 작업을 매일 하지 않으면 눈 흰자에 충혈이 생기기 쉽다.

한 가지 더 유의할 것은 어떤 경우라도 때를 밀지 말아야 한다. 여성들 중에 때수건으로 얼굴을 문지르는 경우가 종종 있다. 때를 미는 것은 소중한 각질에 손상을 주어 피부가 트러블에 시달리도록 만든다. 위에 강조한 방법대로 세안을 하면 평생 때를 밀지 않아도 되고, 때가 일어나지도 않는다.

6. 박피

한마디로 박피는 무지하고 부질없는 노력이다. 박피의 역사는 그다지 길지 않지만 그것을 원하는 여성들이 아주 많다. 또한 피부과, 성형외과, 피부 관리실 등에서는 모두 박피를 권한다. 이들은 의학적으로 피부 생리에 대해 꽤나 전문적인 지식을 갖고 있다고 생각한다. 그러나 피부 생리를 올바르게 이해하고 있다면 각질 제거가 얼마나 무모한 행위라는 것을 알 것이다.

죽은 피부 세포는 물리적인 방법 없이도 자연스럽게 떨어져 나간다. 몸에 난 상처가 딱지가 되고 시간이 지나 떨어져 나가면 밑에서 희고 새로운 세포가 나타나는 경험을 어릴 때 한두 번 해보았을 것이다. 박피를 하는 것은 이 딱지를 무리하게 떼어 내는 것과 같다.

그래서 박피를 하면, 민감한 피부는 더욱 민감하게 되어 화장할 수가 없게 되고, 모세혈관이 확장된 피부는 얼굴이 더욱 붉어진다. 피부 보호를 위해 필수적으로 있어야 할 각질을 제거하여 무방비 상태인 피부에다가 화학성분으로 만들어진 썬크림, 스킨케이, 메이크업을 하게 되면 피부는 더 많은 유해성분을 받아들여야 한다. 그 괴로움 속에서 원래의 피부로 돌아가기 위해 열심히 노력해 보지만 갈 길은 멀다. 더군다나 여러 번의 박피는 더 이상 말해 무엇하랴. 이는 피부 학대에 다름 아니다. 피부는 소리 없는 비명을 지르며 운다.

매끈하고 투명하고 탄력 있는 혈색 좋은 아름다운 피부는 필링이 아닌, 균형 잡힌 식생활과 숙면 그리고 적당한 운동과 정신적인 행복감에서 나온다. 피부 생리에 대해 늘 공부하는 자세를 갖자.

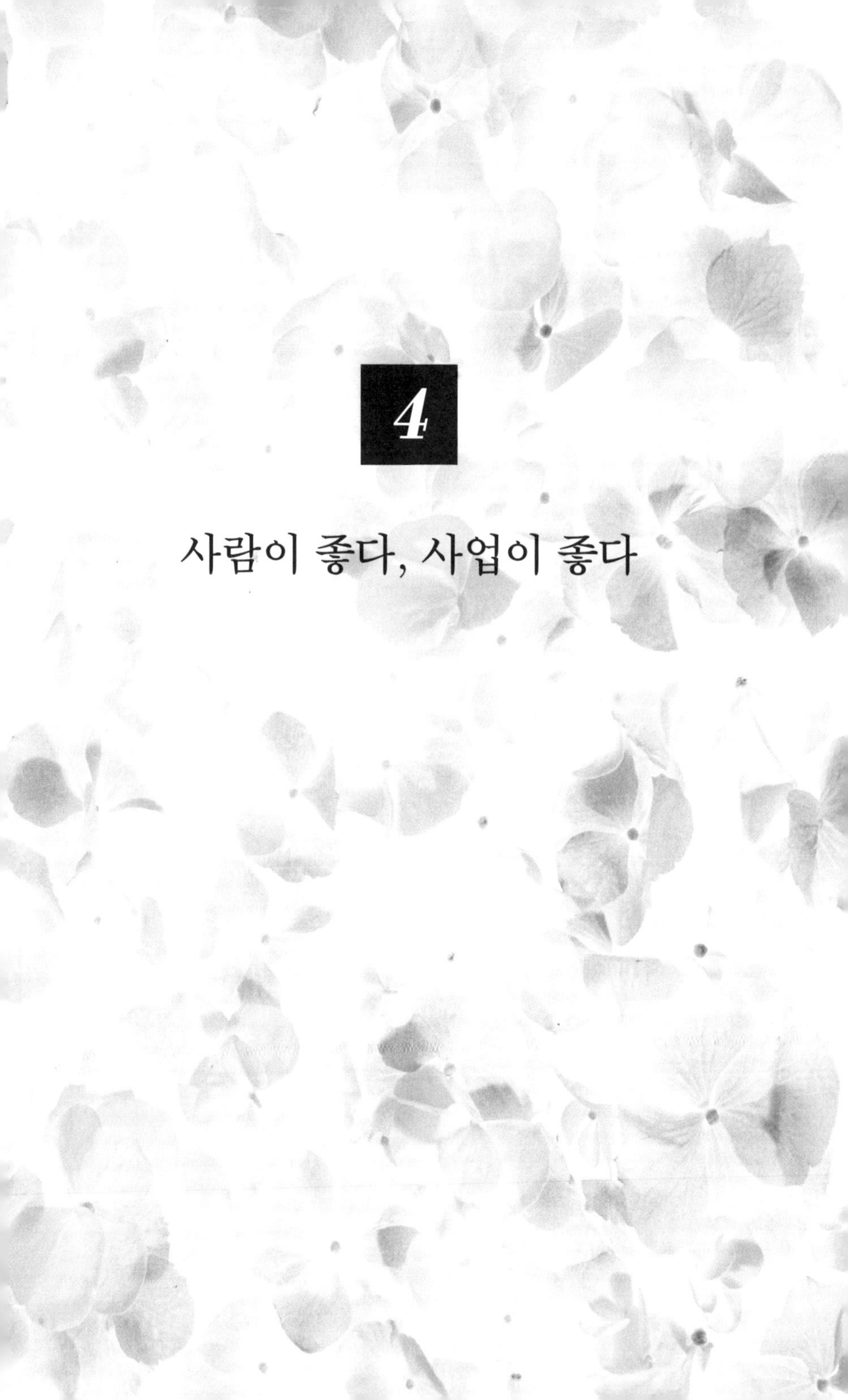

4

사람이 좋다, 사업이 좋다

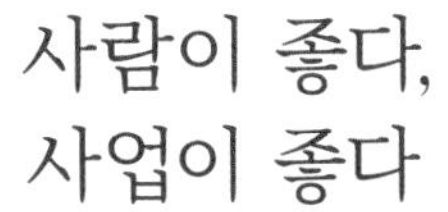

사람이 좋다, 사업이 좋다

1. 사랑하는 며느리들

아들 셋이 의대를 나왔다니까 구름같이 중매가 들어왔다. 의사 사위를 보려면 열쇠를 세 개 준비해야 한다면서 병원도 지어 주고, 집도 지어 주고, 차도 한 대 사 준다고 했다. 하지만 우리 아들들은 "돈은 내가 벌면 돼요. 사람 하나 똑바르면 되지, 우리는 그런 것 가지고 장가 안 가요." 했다. 그리고는 정말 다들 중매를 안 거치고 연애결혼을 했다. 다들 한국에서 나고 자란 참한 며느리를 데려와서 나를 아주 흐뭇하게 했다. 정말이지 며느리들이 다 마음에 들었다.

우리 맏며느리는 자분하게 생겼고, 셋째 며느리는 미인이며, 막내며느리는 어디에 내놔도 손색이 없다. 우리 며느리들 모두 겸소하고 착하다. 가정주부로서 아내로서 어머니로서 그 어느 것 하나 소홀히 하지 않는다. 특히 자식들을 훌륭하게 키워서 어디에 내놓아도 당당하게 살 수 있게 해준 점을 가장 칭찬하고 싶다. 이렇듯 내 며느리들은 다들 자랑스럽고 당당하며 괜찮다. 다들 자식들과 함께 다복하게 사는 걸 보면 그렇게 대견하고 고마울 수가 없다. 우리 애들도 어찌나 아내들에게 잘 하는지 청소를 돕기도 하고 식사를 준비할 땐 정원 손질이라도 한다. 그야말로 모든 여자들이 꿈꾸는 결혼생활의 본보기다.

사돈들은 나에 대해 이렇게 생각했다고 한다. '혼자 자식들을 어떻게 저렇게 키웠을까? 무섭고 괴팍한 사람은 아냐?' 혹시나 시집살이 시키지 않을까 걱정이 태산이었던 것이다. 맏며느리가 1년 만에 친정에 갔더니 바깥사돈이 대번 시어머니가 어떠시냐고 묻더란다. 그래서 우리 맏며느리가 "어머니는 동경에 출장 오셔도 우리 편하라고 호텔에서 주무시고 가세요."라고 대답했단다. 틀린 말이 아니다. 난 동경에 가도 손주들이 보고 싶으면 호텔에서 만나 얘길 나누고 저녁식사를 했다. 서로 편한 게 좋다. 상대방에게 부담 주는 건 딱 질색이다. 하지만 아무리 잘하려 노력해도 며느리들은 내가 부담스럽고 어려웠을 것이다.

첫째와 셋째는 동경에서 피부과를 개업했고, 막내는 고베에서 개업했다. 난 막내 병원 옆에 피부 관리실을 만들어 한 건물에서 살았다. 1층은 병원, 2층은 내 집, 3층은 막내 부부가 살았다. 그런데 며느리는 아무래도 아래층에 시어머니가 산다는 것만으로도 굉장히 부담스러워 했다. 항상 2층을 거쳐서 밖으로 나가야 하니까 외출할 때나 집에 들어올 때 내 눈치를 많이 봤다.

그래서 며느리한테 부담주지 않으려고 "얘야, 내 식사는 걱정 안 해도 된다. 다이어트 중이라 내가 만들어 먹고 싶은 대로 해 먹을게." 하며 밥도 내가 해 먹었다. 간혹 그게 귀찮으면 밖에 나가 혼자 사 먹는 등 일절 식사준비를 안 시켰다. 하지만 그렇게까지 했는데도 막내며느리는 내가 영 편치 않았나 보다.

어느 날 막내아들이 갑자기 맘에 드는 땅이 있다면서 덥석 계약하고 왔다. 그러더니 저녁마다 부부가 머릴 맞대고 집 구조에 대해 의논했다. 열심히 돈 벌어서 대지 200평에 건평 70평 2층짜리 집을 지으니 참 대견했다. 얼마 후 아들을 따라 공사가 마무리 단계에 들어선 집으로 갔다. 아들은 부부 방과 손녀 설이 방을 보여 준 뒤 구석에 있는 작은 방을 가리키면서 "저 방은 어머니가 가끔 오시거나 손님이 올 때 쓰는 게스트룸"이라고 했다. 순간 너무 당황스러웠다. 햇볕도 잘 들지 않는 작은 방을 내게 주나 싶어 갑자기 서글퍼졌다. 그래서 아무 말도 안 하고 조용히 집으로 돌아왔다.

집이 다 지어진 후 손님들을 초청했다고 해서 다시 갔다. 그 집 대문에 아들과 며느리 문패가 나란히 걸려 있었다. 또 다시 억장이 무너졌다. 집을 지어 부부 이름을 대문에 걸어 놓고 내 방은 북쪽에 있는 식모방 같은 것을 주는구나 싶어 설움이 북받쳤다. 나는 아이들 키우느라 내 이름으로 된 집에서 살 생각도 못해봤다. 그냥 아들들과 같이 살면 되지 하는 마음뿐이었다.

그대로 있다가는 눈물이 터질 것 같아서 약속한 걸 깜빡 잊어버렸다며 서둘러 집으로 돌아왔다. 그리고 그 후로도 단 한 번도 그 집에 가서 자지 않았다. 돈이 없어서 좁은 집에 방을 여유 있게 만들 여건이 안 된다면 할 수 없지만, 단 세 식구에 1, 2층 합쳐서 140평짜리 집을 지으면서 내 방이 없다는 게 그렇게 서운했다.

"동네 어귀에 있는 샘터에서 물 한 동이 길어오는 게 보통 일이 아니다. 그런데 애가 낮잠 잘 때 물 길러 나가면, 꼭 애가 깨서 엄마를 찾아 울면서 샘터까지 따라왔다. 그럼 한 손은 물동이를 머리에 이고, 다른 한 손은 애를 옆구리에 껴서 집까지 힘들게 왔다."

고베에 있는 집 창가에서

옛날에 우리 어머니가 해준 말이다. 물동이를 엎지를까봐 겁나고 애를 떨어뜨릴까봐 겁나고. 물동이를 손으로 이고, 다른 손으로는 옆구리에 애를 끼고 집에까지 오는 그 공을 아이는 일평생 효도해도 못 갚는다고 했다.

키울 때는 내 인생의 희망을 주는 샛별이었는데 이제 아들에게는 낳고 길러 준 엄마보다 만난 지 얼마 안 된 아내가 더 가깝다는 것을 뼈저리게 느꼈다. 물론 그게 당연한 이치인데도 왜 그때는 그렇게 서운했는지. 결국 나 혼자 남았다는 서글픔, 남편이라도 있으면 같이 여행도 다닐 텐데 이제 애들은 전부 자립하고 내가 필요 없어졌으니 나는 뭐하고 지낼까 하는 서글픈 생각이 자꾸만 들었다.

시간이 좀 지난 뒤 막내아들이 그랬다. 생각해 보니 그때 어머니가 서운해서 바로 되돌아가셨구나 하는 생각이 들었단다. 그리고 "그 집에서 살아 보니 별로 마음에 안 들어서 한 1년만 살다가 진짜 좋은 집을 지으려고요. 그때는 어머니가 제일 마음에 드는 방을 하나 만들어서 모실게요."라고 했다.

사실 세상의 모든 자식들은 부모의 마음을 모른다. 어찌 부모 마음을 알겠는가. 자식은 부모가 작은 일에도 쉽게 상처를 받고 가슴이 미어진다는 것을 알지 못한다. 나는 마음을 다잡기로 했다. 좋은 방향으로 자꾸 되풀이 생각하면서 의식을 변화시켰다. 내가 애지중지 키워놓은 자식이니까 자식이 잘 살고 행복하면 그것으로 만족해야 되지 않겠는가. 나를 고독하지 않게 만들어 줄 사람은 바로 내 자신뿐이며 자식들에게 더 이상 희망을 걸면 안 된다는 것을 깨달았다.

그래서 '이놈들아, 니들이 혼자 잘나서 의사가 된 줄 아냐? 그렇게 섭섭하게 해 봐. 나도 이제부터 니들보다 더 당당하게 살 거다!' 하는 오기가 생겼다. 사실 신나게 일할 수 있는 힘은 오기에서 나온다. 긴 인생을 이대로 보낼 수는 없었다. 실패하면 자식들 앞에서 말없이 사라지겠다는 각오도 새겼다. 그러면서 결국엔 서운했던 마음이 자식들이 행복하게 잘 사는 것이 제일 효자라는 생각으로 흘렀다. 그렇게 생각하니 마음이 훨씬 가벼워졌다.

어쨌든 그 충격으로 내 이름으로 된 아파트를 샀다. 당시 일본 돈으로 1억6천8백만 엔한국 돈으로 17억 정도을 주었다. 뒤쪽에 30평짜리 정원이 있어서 전체적으로 65평 크기다. 혼자니까 그렇게까지 클 필요는 없었지만 무엇보다 정원이 맘에 들었고, 손주들이 오면 쓸 방도 필요해서 샀다. 정원에 앉아 따끈한 허브티를 마시며 밤하늘을 쳐다보면 마음이 안정되고 참 기분이 좋다.

2. 형제는 타인의 시작

1995년 고베 지진이 났을 때 막내 가족이 곁에 있어서 큰 위안이 됐다. 당시 고베 지진은 엄청난 사상자와 도시 기능을 마비시킬 만큼 큰 재앙이었다. 사무실과 내 아파트는 철근으로 되어 있어서 별다른 피해가 없었다. 다만 수납장이 넘어지면서 값비싼 이태리와 영국산 도자기들이 다 깨졌다.

당시 내 나이가 칠십이었는데, 살면서 그렇게 겁나고 무서운 건 처음이었다. 안방 물침대가 큰 사이즈임에도 불구하고 위아래로 마구 움직였다. 우리 사무실 맞은편 2층 집이 길가로 내려앉았고, 하루 종일 응급차가 돌아다녔다. 땅이 갈라지고 전봇대도 다 뽑혀 버렸다. 전기와 수도마저 끊겨 망연자실해 있는데 막내가 차에다 생수하고 주먹밥을 싣고 달려왔다. 그러면서 전기와 수도가 다 끊겼으니 어디 가서 한두 달 놀다 오라고 말했다. 말이 떨어지기 무섭게 "그래야겠다!" 하니까 녀석은 맨날 반대만 하더니 이번엔 말을 잘 들어준다며 놀라워했다.

나는 다음 날 바로 비행기를 타고 한국으로 와 호텔에 묵었다. 하지만 호텔에 있어도 마음이 편치 않았다. 고베 지진으로 6천8백 명이 죽었다. 제일 인명 피해가 많았던 곳은 재일교포들이 많이 사는 나가다區였다. 동경에 있는 큰애는 내가 한국으로 갔다는 얘길 듣고는 '참 별난 할마씨'라며 아들 둘이 동경에 있는데 어째서 한국으로 갔냐며 혀를 내둘렀다.

사실 동경에 있는 아들들한테 가도 별 재미가 없다. 아들들은 병원에서 근무하고 며느리는 날 너무 조심스러워 해서 묻는 말에만 대답을 했다. 그러니 내가 무슨 재미로 동경에 가겠니? 차라리 친구가 많은 한국으로 가는 게 낫지.

우리 아들들이 그런다. 어머니는 자기들 자랄 때 부담 안 줘서 좋았다고. 친구 어머니들은 자식들한테 너희들 때문에 오도가도 못 하고, 너희들만 아니면 언제든지 이 집을 뛰쳐나가고 싶다며 소리 지르더란다. 하지만 난 그 반대다. 내가 이렇게 열심히 견디고 재혼 안 하고 혼자 살아온 것은 아들들 덕택이다. 그게 삶의 보람이고 용기를 북돋워줬다. 나는 자식들을 원망하지 않았다. 너희들 때문에 희생했다는 말을 단 한 번도 하지 않았다.

각자 가정이 있어서 그런지 다들 바쁘게 사는 걸 보면 일본 속담 중에 '형제는 타인의 시작'이라는 말이 생각난다. 언제까지 내가 같이 살아갈 수 없으니까 아무쪼록 서로 화목하게 기대며 살아가기를 바란다. 자식 얘기는 부부가 함께 나누는 것이 가장 좋다는데, 남편이 먼저 저 세상으로 가버려서 그게 참 아쉽다.

큰애가 수련의를 할 때 서울에서 동경대 교수들을 모시고 옛날식으로 결혼식을 치렀다. 그런데 부모석에 나 혼자 앉아 마음이 굉장히 우울했다. 일본 친구들 말로는 곧 울면서 쓰러질 것처럼 보였단다. 그이가 살아서 아들 결혼식도 보고 손주도 안아 보고 갔으면 얼마나 좋았을까. 참 마음이 쓸쓸했다.

지금 생각해보면 고생이 됐더라도 애들 키울 때가 가장 행복했다. 애들이 돈 필요할 때까지는 옆에서 어머니, 어머니 하며 찾았다. 모든 것에 내가 필요했으니까. 그런데 경제적으로 자립하니까 어머니, 어머니 하던 게 없어져 버렸다. "어머니 이런 게 필요합니다."라고 할 땐 책임감으로 우뚝 모진 고생을 이겨낼 수 있었다. 하지만 이제는 아무도 나를 찾지 않는다는 게 너무 고독하고 쓸쓸해서 한동안 마음이 아리고 스산했다.

그래서 육십을 훌쩍 넘긴 나이에 새로운 사업에 도전했다. 어찌나 사업이 잘 되던지 무척 바빠서 다행이었다. 그걸 안 했으면 너무 쓸쓸하고 고독해서 인생이 허망했을 터이다. 그땐 하루가 36시간이면 얼마나 좋을까 하는 생각으로 일했다.

요즘 들어서 가끔 아이들이 학교 다닐 때가 생각난다. 매일 아침마다 도시락을 잊어버리고 학교에 간 녀석이 하나씩 나왔다. 그럼 그걸 들고 학교로 달려가면 학생들이 "정! 네 어머니 왔어!" 하고 아들을 불렀다. 그만큼 도시락 때문에 학교에 자주 가다보니 모든 학생들이 날 기억했다. 그리고 서울에서 유학중인 아들들이 방학을 맞아 일본으로 돌아온다고 하면 아무리 바빠도 차 가지고 공항까지 마중 나갔다. 그런데 요즘 가만히 생각해 보니까 이 녀석들은 내가 언제 왔다 가는지 잘 모르는 거 같다. 가족이 늘 함께 살다가 혼자가 되니까 전에는 느끼지 못했던 감정을 자주 느낀다.

난 사진기도 없다. 애들 아빠가 그 옛날에 7만 엔이나 주고 산 것이 있었는데 막내가 잃어버렸다. 서울대학을 졸업할 때 즈음 절대 안 잃어버릴 테니 한 번만 빌려달라고 애원해서 빌려 주었는데 그날로 잃어버렸다. 막내 말로는, 김포공항에서 택시로 하숙방이 있는 미아리고개까지 가서 짐을 내려놓는데, 카메라가 덜렁덜렁 거리니까 택시기사가 벗어놓고 하라고 권하더란다. 그래서 택시 뒷자리에 사진기를 내려놓고 짐을 다 내리고는 그대로 잊어버리고 짐만 달랑 들고 방으로 갔다는 것이다. 남편이 엄청나게 아꼈던 사진기는 그렇게 잃어버렸다.

막내가 서울대에 들어갔을 적에도 아빠 없이 저 어린 것이 참 대견하다 싶었다. 그래서 18금 '케네디코인'에다가 금줄을 걸어서 줬다. 하지만 그것도 얼마 안 가서 잃어버렸다. 언제 어디서 잃어버렸는지 도통 모르겠단다. 큰애는 "충이가 그 펜던트를 잃어버리고 밤새도록 잠을 못 잤다."고 했다. 어린 마음에 얼마나 가슴이 아팠으면 그랬을까 싶었다. 그런 막내도 그리고 다른 애들도 지금은 세월과 함께 나이를 많이 먹었다. 그 애들도 가끔씩 엄마처럼 옛날 생각을 할까?.

3. 자랑하고 싶은 손녀 설이

할머니가 되면 손자손녀들 자랑하고 싶은 게 본능인가 보다. 내게는 공부 잘하고 똑똑한 손주들이 많다. 하지만 그 중에 유난히 막내아들 외동딸 설이에게 정이 많이 간다. 아마도 그 애가 어렸을 때 한동안 같이 살아서 그런 게 아닌가 싶다.

설이는 내 바람대로 딱 부러지게 잘 자랐다. 명문 펜실베이니아대학교를 졸업하고 프린스턴대학원에서 박사학위를 취득했다. 그리고 지금은 워싱턴D.C 시청에서 열심히 근무하고 있다. 정원 잔디밭을 아장아장 걷던 철부지가 어느새 훌쩍 커서 제 몫을 다하는 사회인이 되었다고 생각하니 정말 말로 표현하지 못할 만큼 대견하다.

설이가 네 살 때 일본에서 출간한 내 책의 표지모델이 된 적이 있다. 그런데 표지를 장식했던 설이의 사진에는 웃지 못 할 이야기가 숨어 있다. 그 애가 네 살 때 식구들과 발리에 여행 갔다가 호텔 연못에 핀 연꽃이 너무 예뻐서 손을 뻗다가 그만 물에 빠졌다. 다행히 곧 구조됐지만 계속 울어대자 호텔 매니저가 연꽃 한 송이를 끊어 쥐어 줬다. 그러자 설이가 연꽃에 입을 맞추며 황홀해 하는 것을 우리 아들이 놓치지 않고 찍은 사진이다.

당시 책을 만들 때 출판사에서 사진을 많이 가져왔지만 맘에 드는 게 하나도 없었다. 그러던 차에 설이의 귀여운 사진이 눈에 확 들어 우리 화장품 제1차 표지모델로 쓴 것이다. 내가 설이에게 할머니가 모델료로 얼마를 줄까 물었더니 설이는 "할머니, 바비 인형 신발 사게 100엔이면 돼요."라는 게 아닌가. 어쩌나 말도 참 예쁘게 하던지.

설이는 세 살 때까지 나랑 고베에서 살다가 부모를 따라 동경으로 갔다. 그 후에 설이는 내가 출장 가서 호텔에 묵고 있으면 전화를 해서 이랬다. "할머니, 오늘은 호텔에서 주무시지 말고 우리 집으로 오세요. 할머니한테 보여드릴 게 있어요." 그게 뭐냐고 물으면 학교에서 나의 할머니를 소재로 작문을 지었단다. 읽어 달라고 했더니 그 낭랑한 목소리로 또박또박 읽었다.

"나는 우리 할머니를 제일 좋아한다. 할머니하고 둘이서 데이트하고 외출하는 게 너무 좋다. 왜냐하면 우리 할머니가 멋쟁이라서 둘이서 걸어가면 사람들이 다 뒤돌아본다. 우리 할머니는 용감해서 내가 남자애랑 싸우면 남자애한테 맞지 않도록 해결을 해주시고, 나가서도 맞으면 나도 때리라고 내 편을 들어주신다. 그래서 난 우리 할머니가 좋다. 할머니는 돈을 잘 벌어서 좋은 옷도 입고 여행도 많이 다니신다."

설이랑 거실에서

설이가 할머니하고 같이 살았으면 좋겠다고 해서 나도 "설이랑 같이 살았으면 좋겠다."고 하니까 "걱정 마세요. 내가 대학갈 때 같이 살아요." 하며 해맑게 웃는다. "니가 스무 살 되면 할머닌 80이다. 내가 니 밥해 줄 수 있을까?" 하니까 "아니, 밥은 내가 할 거야." 한다. 이런 대화를 나누다 보면 어찌나 손녀가 예쁘고 기특한지 모르겠다. 설이는 가끔 엄마 아빠에게 "엄마는 아빠가 있잖아. 하지만 할머니는 혼자니까 너무 불쌍해. 내가 한 번씩 가줘야 되는 거 아냐?" 이러고 온다. 그럼 아들 내외가 설이를 열차에 태워 주고 나한테 도착시간을 알려 줬다. 나는 설이를 마중 갈 때마다 마치 애인을 만나러 가는 기분이 되곤 했다. 두

근거리는 가슴을 진정시키며 손녀를 맞이하러 역까지 운전해서 가는 그 심정이란! 역에 무사히 도착해서 둘이 반갑게 만나 집으로 가노라면 얼마나 행복하던지.

설이가 어렸을 때 하도 개구지고 장난꾸러기여서 니가 누굴 닮아 이런지 모르겠다고 했더니 막내아들이 "어머니 닮았잖아요. 아마 어머닌 어렸을 때 설이보다 더했을 걸요. 소학교 때 한 반 남자애 코피도 터트렸다면서요."라고 말했다.

실제로 소학교 다닐 때 그런 적이 있었다. 짝꿍인 남자애가 책상 가운데에 줄을 딱 그어놓고 내 연필이 조금만 넘어가도 확 잡아채서 부러뜨렸다. 아끼는 연필이 부러지자 화가 나서 그 녀석을 코피가 나도록 흠씬 두들겨 팼다. 그런데 그날 저녁에 그 애 아버지가 그 아이와 우리 집으로 항의하러 왔다. 어머닌 잘못했다고 빌었지만 난 쟤가 먼저 연필을 부러뜨렸다면서 억울해 했다. 때마침 아버지가 들어오셔서 자초지종을 들으시더니 "니가 잘못한 거 하나 없다. 애들 싸움에 어른이 주책없이 끼는 게 잘못이지. 돌아가시게." 하면서 그 애 아버지를 나무랐다.

나는 설이에게 나가서 맞지 말고 누가 한 대 때리면 두 대 더 때리라고 가르쳤다. 맞고 다니는 것처럼 속상한 일은 없다. 우리 손녀가 맞고 들어왔는데 때린 아이 엄마가 죄송하다며 사과하는 건 정말 싫을 거 같다. 차라리 우리 애가 때리고 내가 가서 사과하는 게 낫다. 내가 설이한테 누가 때리면 다신 못 때리게 너도 한 방 먹이라고 강조할 때면, 며느리는 안 그래도 설이가 애들 때리고 다닌다며 질겁했다.

그랬던 설이가 학교에 들어가자 바로 얌전해졌다. 그리고 누구보다 모범생이 되어 말도 잘 들었다. 내가 예전처럼 누가 먼저 때리면 너도 때려 주냐고 물으면 설이는 "할머니, 선생님이 발길질해도 안 되고 주먹질해도 안 된대요." 그랬다.

설이가 세 살 때 일이다. 애기가 정원의 꽃을 꺾으려고 하자 꽃은 보면서 감상하라고 예쁘게 피어 있는 거니까 꺾으면 안 된다고 알려 주었다. 그러면 돌아다니다가 떨어진 꽃잎을 보고는 "할머니 떨어진 건 주워도 괜찮죠?" 하면서 떨어진 꽃잎을 주워 들며 좋아했다. 그리고 좀 커서는 찻잔 속에 장미 꽃잎 하나를 띄워 가져다주는 게 아닌가. 나는 속으로 무척 기뻤다. 저 나이에 찻잔 속에 장미 꽃잎을 띄워주는 센스를 어떻게 터득했을까 싶었다.

그리고 한 번은 설이가 나를 아주 감동시킨 적이 있다. 한국에서 살고 계신 설이의 외조부모를 일본으로 초대한 적이 있었는데, 그때 외할아버지가 "오늘은 할아버지랑 같이 자자."고 하니까 네 살밖에 안 된 설이가 싫다면서 이랬다.

"할아버지는 할머니가 있잖아. 엄마는 아빠가 있고. 하지만 우리 할머니는 혼자니까 설이는 할머니랑 잘 거야."

옆에서 그 말을 듣는 순간 어찌나 가슴이 뭉클하던지. 그 어린 것이 그토록 할머니를 생각해 주다니 너무 감동해서 그만 눈물을 왈칵 쏟고 말았다.

나는 설이가 어릴 때부터 항상 국제인이 되어야 한다고 가르쳤다. 그래서 어느 나라를 가도 불편 없이 살 수 있게 영어를 비롯한 외국어를 많이 배워 두라고 했다. 그 외에도 설이만 보면 이말 저말 세상에 좋은 말은 다 해줬다.

설이에게 형제가 더 있다면 얼마나 좋을까 싶었다. 큰아들만 아들 둘이고, 셋째도 딸 하나, 막내도 딸 하나로 끝냈다. 내가 막내에게 형제는 많을수록 좋으니까 더 낳으라고 했더니 "어머니, 우리 넷 때문에 실컷 고생한 걸로 모자라세요? 우리는 우리 인생이 중요하니까 하나로 만족해요." 하며 정색했다. 사람은 자랄 때 형제들끼리 치고받으면서 커야 한다고 생각한다. 하지만 자기들 인생이 중요하다니까 어쩔 수 없지 싶다.

아래는 설이가 미국에서 대학 다닐 때 내게 남기고 간 편지 중 하나다. 구구절절 할머니를 걱정하는 마음이 가득하다. 이러니 내가 우리 설이를 더욱 예뻐할 수밖에.

사랑하고 존경하는 할머니께

내일이면 할머니하고 헤어져야 한다고 생각하니 잠이 오지 않아 할머니에게 편지를 쓰고 있습니다. 먼저 번에도 일본 본사에서 갑자기 중요한 일이 생겨서 떠나시고, 할머니 책상 위에 편지를 남기고 가셔서 그 편지를 읽고 마음이 따뜻해졌습니다.

할머니하고 같이 생활하면서 한 인간으로 어떻게 책임감을 가지고 행동해야 한다는 것, 주위에 부모형제 친척 친구들에게 현명하고 기분 좋게 해야 한다는 것을 가슴속 깊이 느꼈습니다. 설이가 미국에서 동경으로 갔을 때 할머니께서 직접 마중 나와 주셔서 너무 좋았습니다. 동경에 오셔도 집에 오시지 않고 호텔에서 지내시는 할머니 마음을 이제야 이해하게 되었습니다.

할머니와 처음으로 아다미 온천에 여행 갔을 때 설이는 행복했습니다. 할머니, 설이는 할머니하고 같이 한집에서 살고 싶습니다. 그런 날이 오기를 기대하면서 이만 적겠습니다. 사랑하고 존경하는 설이 할머니. 건강하게 오래오래 사시기 바랍니다.

손녀 설이가

4. 내가 사랑하는 사람들

누구에게나 인생에 있어 잊을 수 없는 진실한 사람들이 있을 것이다. 내 인생에서 잊을 수 없는 사람이 둘이 있는데 그중 하나가 친구 허양숙이다. 허양숙은 자주 만나지는 못해도 늘 마음속으로 함께하는 친구다. 사람이 힘들 때 어떻게 해주느냐를 보면 그 사람을 알 수 있다고, 이 친구야말로 내가 가장 지치고 힘들 때마다 아무 대가없이 도와주었던 친구다.

아들들을 서울로 유학 보냈을 때였다. 당시 유신체제에 대한 저항 시위가 한창이라 혹시 애들이 시위에 가담하지 않을까, 일본에서 일부러 유학 온 저항세력으로 오해받지 않을까, 낯선 서울 땅에서 잘 먹고 다니는지, 하루도 마음 편할 날이 없었다.

그때 허양숙이 우리 아들들 사는 곳으로 설탕을 포대째 가져다주고, 갈비도 짝으로 갖다 주며 살뜰히 보살폈다. 큰아들을 서울에서 결혼시킬 때도 온갖 일을 다 도와 주었다. 그야말로 허양숙은 내 마음속 친구다. 그때는 아들들을 공부시키느라 무척 어려운 처지였는데, 그 애들을 잊지 않고 챙겨 준 친구에게 평생 어떻게 은혜를 갚을까 싶다.

허양숙은 故이병철 회장의 질녀다. 그러니까 양숙이 아버지가 이병철 회상의 자형인데, 처음 사업을 시작할 때 자형의 덕을 보았던 이 회장은 끝까지 자형 댁에 신경을 썼다고 한다. 양숙이는 온갖 약과부터 궁중요리까지 못 만드는 음식이 없을 정도로 요리솜씨가 출중하다. 그래서 삼성가에서 큰일을 치룰 때면 무조건 불려 가서 큰상을 다 차렸다. 또한 태평로에 대형 쇼핑센터 동방플라자가 생겼을 때도 전통 음식점인 궁과전을 양숙이에게 맡겼을 정도다. 그곳 식혜와 대추차는 어느 집들과는 비교가 안 될 정도로 맛이 뛰어났고, 떡은 달지 않고 깊은 맛이 났으며 뒷맛이 그윽했다. 그리고 이 친구는 시댁이 대구에서 문화재가 돼 있을 정도로 유명한 집안의 아들과 결혼해서 다복하게 살고 있다.

자주 연락하지는 못하지만 어쩌다가 전화하면 그 친구 특유의 정다운 목소리로 날 반긴다. "문딩이 가시나 지랄한다. 우짠 일이고?" 이렇게 우리는 구십을 넘겨도 젊은 시절 추억 속에서 살고 있다. 오늘 따라 내 친구 허양숙의 목소리가 더 듣고 싶다.

내게 감동을 준 친구가 하나 더 있다. 재일교포인 강필녀는 생활 자체가 커다란 감동이었다. 그 친구는 나보다 두 살 위로 소학교 때부터 성경을 줄줄 암송할 정도로 독실한 크리스천이다. 나는 어릴 적부터 무교지만 필녀가 오늘은 훌륭한 목사님이 설교하시니까 들으러 가자고 하면 무조건 따라갔을 정도로 그 친구를 신뢰했다.

필녀는 교토여자대학을 나온 인텔리였다. 하지만 배운 티 하나 안 내고 누구에게나 상냥했다. 그리고 아픈 시어머니를 모시는 데도 열심이었다. 그래서 시어머니가 15년간 병석에서 별별 난리를 피워도 화 한 번 안 내고 지극정성으로 모셨다. 그러다 증세가 심해져 병원에 입원시켰는데, 매일 시어머니가 좋아하는 멜론을 사서 병원으로 갔다. 그럼 정신이 오락가락하는 시어머니는 "애아버지는 쌀 주더나? 쌀통에 쌀 있나?"

하며 옛날에 걱정하던 것을 얘기하셨단다. 친구는 봄이면 시어머니를 차에 태우고 벚꽃이 잘 보이는 곳에 세우고는 "어머니, 벚꽃이 아름답죠? 어떠세요. 잘 보이세요?"라며 시어머니의 손을 잡아 주곤 했다.

필녀는 보석상을 했다. 어찌나 정직한지 다른 보석상에게 산 보석은 되팔 때 절반도 못 받는데, 이 친구에게 산 보석은 제값을 다 받고 팔 수 있을 정도였다. 그래서 필녀에겐 단골이 참 많았다. 그렇게 벌어서 돈을 모으면 교회에 다 헌금으로 냈다. 그때마다 내가 "에이, 헌금으로 다 내지 말고 나 좀 주지." 농담을 하면 친구는 "하나님이 일 년 동안 잘 살게 보살펴 주셨으니 당연히 드려야지." 하며 환하게 웃었다.

친구의 시어머니는 15년간 앓다가 돌아가실 때, 자기 아들 이름 대신 며느리 '필녀'를 부르고 돌아가셨다. 그리고 교회에서 장례식을 치르는데, 필녀가 관에 엎드려 어찌나 흐느끼는지 지켜보는 나도 눈물이 쏟아졌다. 나중에 물어보았다. "그렇게 고생시킨 시어머니가 돌아가셔서 속 시원하지 않아?" 그랬더니 필녀는 시어머니가 여자의 인생으로 너무 불쌍하게 사셔서 가슴 아파 못 견디겠다는 것이다.

정말이지 그 친구는 알면 알수록 나를 감동시키는 친구였다. 언젠가 내가 몸살이 나서 만나러 못가겠다고 했더니 아픈 다릴 질질 끌면서 국을 한 냄비 끓여 왔다. 또 한 번은 우리 막내아들이 집을 지었는데 그 넓은 집에 날 위한 방 하나 마련하지 않아 서운하다고 했더니 그 친구가 하는 말이 그래도 아들들이 다 잘 됐으니 그것만으로도 행복한 거라며 위로했다.

어떻게든 마음을 행복하게 돌리라는 한마디 한마디에서 정말이지 그 친구 자체가 그리스도가 아닌가 하는 생각이 들 정도였다. 그런 필녀가 이젠 하늘의 별이 되었다. 여전히 나의 행복을 빌어 주며 저 밤하늘 어디에선가 반짝이고 있는 것만 같다.

3년 전 폐렴으로 구급차에 실려 현대 아산병원에 입원해 집중치료를 받았다. 곧 폐렴은 치유됐으나 심장협심증으로 호흡곤란이 와서 장기입원이 결정됐다. 한데 엎친 데 덮친 격으로 화장실에서 넘어져서 고관절이 부러졌다. 병원에서는 아흔을 넘긴 고령이라며 수술을 거부했다. 하지만 나는 모든 책임을 묻지 않겠다는 각서를 쓰고 수술을 강행시켰다. 다행히 수술은 성공적으로 끝났고, 무진 노력 끝에 1개월 만에 다시 일어나 걷게 됐다. 그렇게 입원 반년 만에 병원에서 처방한 심장약을 받아 들고 퇴원했다.

그러나 심장협심증은 조금도 호전되지 않았다. 몇 발자국 걷지 않았는데도 숨이 가빠왔다. 식욕부진으로 체중도 42kg까지 내려갔다. 결국 기력이 다 떨어져서 생명의 등불이 꺼져 버리는 것이 아닌가 싶어 초조하고 불안한 나날을 보냈다. 하지만 이대로 무기력하게 지낼 수 없다는 생각에 이길영 前아산시장님께 연락해 주치의를 부탁드렸다. 이 전 시장님은 곧바로 연세대 명예교수 겸 천안·아산 충무병원재단 회장이신 심장내과 윤방부 박사님을 소개해 주셨다.

그해 8월31일 윤방부 박사님의 진단을 받고 9월1일 충무병원에 입원했다. 박사님은 가슴과 등에 청진기를 갖다 대며 세심하게 진료를 보셨다. 박사님은 내 몸에 피가 너무 부족해서 식욕과 기운이 없으니 병원 처방을 잘 따르라고 말씀하셨다. 워낙 유명한 명의이다 보니 난 그분의 말씀을 무조건 믿고 따랐다.

그렇게 인고의 시간이 흐르자 정말 기적과도 같은 일이 벌어졌다. 마른 나뭇가지 같던 팔다리에 하루가 다르게 힘이 생겼고, 나 스스로 건강해지고 있다는 것이 느껴졌다. 또한 점점 식욕이 좋아져서 밥도 세끼를 다 챙겨 먹었더니 체중도 정상으로 돌아왔다. 그리고 얼마 지나지 않아 내 발로 걸어서 퇴원했다. 병원에 휠체어를 타고 들어갔다가 당당하게 걸어서 병원 문을 나왔으니, 그때의 감정은 이루 말할 수 없을 정도로 벅차고 기뻤다.

오직 평생을 환자들을 위해 헌신하신 명의 윤방부 박사님과의 만남으로 나는 절체절명의 순간에서 극적으로 헤쳐 나올 수 있었다. 내게 해주셨던 박사님의 인술은 그 어떤 찬사를 다 쏟아 내도 부족하다. 나의 육체가 가장 힘들어할 때 희망의 등불이 되어 준 윤방부 박사님에게 한없는 감사의 마음을 전해드리고 싶다.

성균관대학교 유학 동양학부 교수이자 철학박사 이기동은 학문에 모든 것을 쏟아 부은 고결한 품성의 학자이다. 나와는 종제(從弟)관계로 막내 작은아버지의 아들이다. 이기동 박사를 보면 평생 반듯하게 살다 가셨던 할아버지의 모습이 떠오른다. 조곤조곤한 어투와 당당한 걸음걸이까지 어찌나 닮았는지. 나는 우리 이 박사를 보는 것만으로도 너무나 반갑고 즐겁다. 중요한 일로 의논할 일이 생기면 꼭 이 박사를 찾는다.

나는 이기동 교수의 『한마음의 나라 한국』이라는 책을 읽고 많은 감동을 받았다. 사랑하는 조국으로 돌아가서 아름다운 맨피부로 되돌릴 수 있는 화장품을 개발하고자 하는 열정과 자신감을 갖게 했다. 나는 책 속의 글들을 머릿속에 새기며 마지막 순간까지 앞으로 달려갈 것이다. 우리 이기동 박사는 나뿐만 아니라 주위의 많은 사람들에게 아주 좋은 기운을 전해 주는 사람이다. 후학들을 위해서나 학계 발전을 위해 꼭 필요한 사람임에 틀림없다.

"이 박사, 앞으로도 그 고결한 품성으로 사회의 빛이 되어 주길 사촌 누나가 열심히 응원할게!"

아래는 이기동 박사가 나의 구순잔치를 위해 보내준 축사의 전문이다.

축 사

누님은 어린 시절 할아버지의 사랑을 듬뿍 받았습니다. 다른 여형제들의 이름은 항렬자를 따라 남기, 도기 등이 있으나 누님만은 할아버지께서 손수 구슬 주珠 꽃 영榮으로 예쁘게 지어 주셨습니다. 누님은 이름만큼이나 예쁘고 총명하게 자랐습니다. 한양 조 씨 어머님의 현모양처 교육까지 받으셔서 속이 깊고 사리에 밝았습니다. 사랑받은 사람이 사랑할 줄 아는 법입니다. 누님의 몸에서는 언제나 사랑이 흘러 넘쳐 났습니다. 초등학교 교사시절 학생들에게 사랑을 쏟아 부으시던 그 시절에 온 세상이 황홀하게 보이는 꿈같은 사랑을 시작했습니다.

그러나 그 사랑은 오래가지 않았습니다. 하늘의 신들이 샘이 나서 그 사랑을 갈라놓았습니다. 한창 사랑이 무르익은 37세에 홀로 남겨진 연약한 여인은 엄마를 바라보는 어린 아들 사형제를 보살펴야 했습니다. 불철주야 동분서주, 남자도 해내지 못하는 일에 과감하게 뛰어드는 강인한 여인으로 바뀌었습니다. 누님의 사랑은 멈추지 않았습니다. 사랑의 힘은 지치는 법이 없는 모양입니다. 영천의 시집식구 북으로 간 친정식구들까지 사랑을 퍼 나르느라 여인의 몸으로 버텨온 세월이 이제 아흔을 맞이했습니다. 그러나 90세의 고령을 탓할 시간이 없습니다.

아직 할 일이 많이 남았습니다. 화장품의 비밀을 다 알기에 피부의 생리를 너무나도 잘 알기에 망가져 가는 여인들의 피부를 볼 때마다 안타까움으로 바뀌는 사랑이 아직 솟아오릅니다. 누님은 절규합니다. 당신의 피부는 울고 있습니다. 알면 미인이 된다. 누님의 안타까움은 누님을 강인하게 만들었습니다. 일전에 고관절이 부러져 수술을 받았습니다. 구순의 나이에 고관절이 부러지면 회복하기 어렵다고 사람들은 말합니다. 그러나 누님은 달랐습니다. 사랑의 함에서 오는 누님의 강인함은 기적을 일으켰습니다. 아직 물러설 수 없기 때문입니다.

이제부터 할 일이 더 많아졌습니다. 누님에게는 구순이 시작입니다. 이제부터 평생 꿈꾸어 오신 일들을 하나하나 이루십시오. 그 누구도 할 수 없는 일을 누님께서는 하실 수 있습니다. 그러나 왕성한 의욕 때문에 건강을 놓치시면 안 됩니다. 구순을 맞이하여 건강만큼은 꼭 챙기셔야 한다는 것을 명심하셔야 합니다. 부디 만수무강하시고 큰 복 받으시길 진심으로 기원합니다.

2019년 11월4일 종제 이기동 드림

5. 내 인생의 터닝 포인트

살아가는 동안 우리는 크든 작든 인생의 터닝 포인트를 맞이하게 된다. 하지만 많은 사람들이 그것이 인생을 새롭게 바꿔줄 터닝 포인트라는 것을 알아채지 못하고 그냥 흘려보낸다. 하지만 난 그것을 놓치지 않았고 내 인생을 송두리째 바꿔 놓았다.

43살 때 화장품 판매 1등에 따른 부상으로 프랑스로 3개월간 연수를 갔다. 프랑스는 세계적인 화장품 회사들이 넘쳐 나는 나라였기에 나는 출발 전부터 굉장히 흥분됐다. 하늘을 찌를 듯 솟아오른 에펠탑과 웅장

내 인생의 터닝포인트, 루노 박사

한 개선문 그리고 프랑스 대혁명의 역사를 품고 유유히 흐르는 센 강….
긴 비행 끝에 도착한 파리는 그야말로 영화 속에서 봤던 모습 그대로였다.

그러나 그것도 잠시, 수려한 풍광보다 나를 더 사로잡은 사람이 있었다. 바로 내 인생에 엄청난 변화를 가져다준 루노 박사였다. 그는 명석한 두뇌의 소유자로 굉장히 매너가 좋은 분이었다. 우리는 연수기간 중에 그에게서 피부 생리에 관한 강의를 들었다. 그런데 곁에서 도와주는 여성의 피부가 너무나 화사하고 아름다웠다. 그녀는 당시로서는 아주 파격적인 핑크스웨터를 입고 박사 곁에서 시중을 들었다. 얼마나 아름답던지 모두 그녀에게서 시선을 뗄 수가 없었다.

그러던 어느 날 루노 박사는 오십여 명의 연수생들을 제치고 나를 화장품 모델로 발탁했다. 내가 가장 나이가 많지만 피부가 고와서 화장이 잘 될 거라는 게 그 이유였다. 그는 당시 유행했던 일본식으로 볼을 빨갛게 하는 화장을 시켰다. 많은 사람들이 지켜보는 앞에서 모델을 하기는 처음이라 어찌나 화끈거리던지, 아마 화장품보다 내 볼이 더 빨갛게 달아올랐던 거 같다.

훌륭한 강의와 함께 어느덧 3개월간의 연수가 끝이 났다. 이후 나는 루노 박사의 권유로 9개월간 연수를 더 받았다. 마지막 날 파티에서 각자 자기소개를 했다. 그런데 일본 여자들은 고향, 형제, 가족, 자식 등 별별 얘기를 다하면서도 나이만은 밝히지 않았다. 하지만 나는 달랐다. 당당하게 마흔셋이라고 하니까 모두들 깜짝 놀랐다. 루노 박사는 일본 여자들이 나이에 대해 유난히 예민하다는 걸 알아채고는 근사하게 한마디 했다.

"여자 나이는 캐럿입니다. 50세면 50캐럿 다이아몬드의 가치가 있고, 60세면 60캐럿 다이아몬드의 가치가 있습니다. 마담은 43세니까 43캐럿 다이아몬드의 가치가 있습니다."

그때 나는 확신했다. 그래! 나도 늦지 않았어! 용기가 용솟음쳤다. 내 인생관이 확 바뀌는 순간이었다.

그날 루노 박사가 한 여성을 에스코트하면서 들어왔다. 뒤를 이어 루노 박사의 아들이 핑크스웨터를 입었던 여성을 에스코트하며 들어왔다. 여기서 깜짝 놀랄 사실을 알게 되었다. 핑크스웨터를 입었던 여성은 박사의 부인이 아니라 바로 그의 어머니였던 것이다. 너무 젊고 예뻐서 그동안 박사의 부인이라고 생각했었다. 내가 너무 젊고 아름다워서 루노 박사의 부인인 줄 알았다고 하자 그녀는 환한 미소를 지으며 이렇게 대답했다. 아들이 루노 화장품을 개발하고, 자기도 쭉 피부에 관련된 일을 하고 있기 때문에 아름다움을 간직할 수 있었다며 내 어깨를 두드려 주었다.

그때 나는 '나도 과연 그럴 수 있을까? 우리 아들 중에서도 루노 박사처럼 피부과 의사가 돼서 나를 박사의 어머니처럼 부러움의 대상이 될 수 있게 만들어 줄 수 있을까? 그래! 바로 이게 내 인생의 희망이자 내

프랑스 연수 중 연구실에서. 오른쪽 선글라스 쓴 이가 본인

꿈이다!'라고 생각했다.

프랑스에서 연수를 마치고 돌아온 나는 더욱 간절해졌다. 우리 아들들 중에 누구 하나라도 피부과를 선택해서 루노 박사처럼 되어 나랑 같이 일할 수 있으면 얼마나 행복할까 생각했다. 그런데 그 꿈이 현실에서 이루어졌다. 그것도 하나가 아니라 셋이나 피부과 의사가 된 것이다. 꿈이라는 건 정말 간절히 원하면 이뤄지는가 보다.

살면서 '여자에겐 나이가 없다.'는 루노 박사의 말을 점점 더 실감한다. 와인이 세월에 무르익듯 중년의 깊은 매력이 있는 여자를 보면 그 남편을 보고 싶다. 분명히 멋진 남자일 것이다. 자신의 매력을 지켜 줄 수 있는 사람과 살면 여자든 남자든 표정부터 다르다. 내가 세상에서 가장 행복한 사람이라는 걸 스스로 느끼고 있다면, 분명 그들의 상대는 훌륭한 사람일 것이다.

여자는 나이를 먹은 만큼 분명히 그에 따르는 나름대로의 가치가 있다. 남을 이해하는 측면도 그렇고, 삶의 연륜이 쌓인 만큼 고독을 극복하는 힘도 생긴다. 또 서운한 일에 집착하지 않을 수 있는 여유가 생긴다. 나는 나이가 들었어도 남들에게 멋지게 보이고 싶다. 젊은이들과 어울리려면 권위를 버리고 즐겁게 수다 떨 수 있는 열린 자세가 좋다. 하지만 시종일관 가볍게 행동하면 주책바가지라 놀림당하니까 가끔은 삶의 노하우도 알려 주어야 대접 받는다.

나는 늘 남에게 멋지게 보이고 싶어 하루에도 몇 번씩 옷을 갈아입을 때가 있다. 이런 행동 때문에 화장품사업을 시작할 땐 어느덧 사람들의 호기심 대상이 되어 있었다. 나는 동네사람 누구에게든 화장품을 직접 권하지 않았다. 그러나 방법은 있었다. 회사에 갔다가 집에 와서 밥 먹고 다시 가고. 하루에도 몇 번씩 옷을 잘 차려입고 시장을 오갔다. 그럴 때마다 시장사람들이 소곤댔다.

“하루에 몇 번씩 옷을 갈아입고 집을 나서는 걸 보면 술집여자인 거 같은데?”

“아냐. 옷은 화려해도 하는 행동을 보면 교양 있는 여자 같아.”

“내기할까?”

그러던 어느 날 열무가 싱싱해서 값을 물었더니 야채가게 아줌마가 조심스럽게 물었다.

“부인. 저기… 혹시 뭐하는 사람이세요?”

나는 기다렸다는 듯이 가방에서 화장품을 꺼내들었다.

“화장품 영업해요.”

그러자 아줌마는 내가 뭐하는 사람인지 자기들끼리 내기를 했다며, 왜 화장품을 사라고 하지 않느냐며 갸우뚱했다.

“제 피부 보고 맘에 들면 사서 쓰세요.”

그때부터 상인들은 내 피부가 참 곱다면서 너도나도 화장품을 샀다. 당시 나는 입술만 살짝 발라도 화장한 것처럼 피부가 화사했다. 예전에 늘어졌던 턱 근육이 그때는 오히려 더 댕댕했었다. 이 모든 것이 피부에 대한 종합적인 상식을 갖춘 덕분이었다.

아무튼 루노 박사와의 만남은 나에게 또 다른 꿈을 간직하도록 만들어 준 커다란 계기가 되었다. 그때 그와의 만남이 없었더라면 난 아마도 아들들을 평범한 직장인으로 키워 내는 것에 만족했을지도 모른다. 또한 '화장품 판매여왕'이라는 타이틀에 안주해 더 이상의 발전은 없었을 것이다. 그로부터 엄청난 동기 부여를 받았고, 삶의 목적이 더 뚜렷해졌으며, 힘든 길이었지만 끝내 해냈다.

루노 박사는 고맙게도 내가 65세에 미용 의학박사 학위를 땄을 때 직접 일본에까지 오셔서 축하해 주셨다. 그때도 그분은 "여자에겐 나이가 없다. 여전히 아름다우시다."며 엄지를 추켜세웠다. 이제 루노 박사는 돌아가시고 뵐 수 없지만, 혹여나 하늘에 가서 다시 만나 뵙게 된다면 이 말을 꼭 들려 드리고 싶다.

"당신으로 인해 내 이생이 확 바뀌었습니다. 당신은 내 인생의 터닝 포인트였습니다."

피부와 식생활

1. 아름다운 피부와 식생활

피부에 문제가 생기면 어떻게 하는가? 아마 병원을 찾거나 화장품 가게를 가거나 약국에 갈 것이다. 하지만 그 원인을 살펴본 적이 있는가? 제 시간에 충분한 숙면을 하였는지, 식사를 제대로 하고 있는지, 적당한 운동을 매일 하고 있는지, 정신적으로 행복한지를 하나하나 꼼꼼히 체크해 보고 부족한 점이 있다면 보충하고 실천하면 문제가 해결될 거라 생각한다.

① 물을 많이 마시자

아침에 일어나면 미네랄이 풍부한 생수 한 잔으로 하루를 시작하자. 건강과 아름다운 피부를 유지하기 위해서는 수분이 필수다. 가능하면 하루 2리터의 생수를 마시도록 노력하자. 물을 마신다는 것은 배설을 촉진하는 효과가 있어서 체내의 염분과 독소가 배출된다.

② 감사한 마음으로 먹자

음식을 먹을 때는 그 음식을 만든 이에게 "아 맛있다!"와 같은 찬사를 말과 행동으로 표현하자. 감사한 마음으로 즐겁고 행복한 마음으로 먹자. 행복하고 기분이 좋을 때 먹은 음식은 100% 소화도 잘 되고 영양 흡수도 잘 된다.

③ 감성을 살린 식생활을 하자

오감으로 식사를 하자. 밥상을 차릴 때, 가을이면 단풍잎을 따서 접시에 올려놓고 거기에 구운 굴비를 놓으면 한층 더 맛을 음미할 수 있다. 또 여름에는 수국을 유리화병에 꽂아 식탁 위에 올려놓아 계절감을 표현하면 밥맛이 꽤나 좋다. 그리고 이렇게 먹는 음식은 몸을 아주 이롭게 하여 피부가 건강하도록 만들어 줄 것이다.

④ 제철 음식을 많이 먹자

제철 과일은 나름대로 의미가 있다. 예를 들어 칼륨이 많은 수박은 한여름에 먹으면 땀을 많이 흐르게 하여 체온조절을 해준다. 오이도 체온을 내려 주어 폭염 속에서도 몸이 견딜 수 있게 한다. 이렇게 제철 음식을 먹으려고 노력하는 것이 좋다. 자연 섭리에 맞춰 식생활을 하는 사람은 항상 건강하고 행복한 생활을 할 수 있다.

⑤ 깻잎 콩잎은 섬유질 식품

한국 사람들이 먹는 전통 밑반찬은 놀랄 정도로 비타민이 풍부하고 좋은 음식이 많다. 깻잎만 해도 일본인은 깻잎을 안 먹는다. 반대로 한국 사람들은 무척 즐기는데, 깻잎과 콩잎은 모두 섬유질이 많고 비타민 C가 풍부해 좋은 미용식이라 할 수 있다. 대구에 갔을 때 아는 분이 안압정이라는 조선전통요리를 하는 집에 데려간 적이 있었는데, 거기 밑반찬으로 콩잎 저린 게 나왔다. 된장에 저린 콩잎은, 발효까지 돼서 최고의 건강식품으로 우리 어머니도 즐겨하셨던 반찬이다. 내가 너무 좋아하니까 그 식당 주인이 콩잎을 싸 주었다. 그것을 일본으로 가져가서 오래오래 먹었다.

⑥ 고기보다 맛있는 우거지

한국 식품이 어느 나라 식품보다도 우리에게 가장 잘 맞는 미용식이라는 것을 점점 느낀다. 일본 시장에 갔다가 배추 팔다 남은 거 있으면 그것을 몽땅 보따리에 담아서 집으로 가져갔다. 그러면 상인들이 그런다. 별걸 다 가져간다고. 그러면 나는 이게 고기보다 맛있다고 큰소리 치면서 속엣 말로 '별거라니, 비타민 덩어리지.'라고 흐뭇해한다. 말려서 우거지국을 해 먹든지 아니면 된장에 넣어서 먹는다. 마른 새우에 우거지를 함께 넣어 먹으면 별미라는 것을 한국 사람들은 다 안다. 그것을 맛으로만 먹지 말고, 이것이 얼마나 미용에 좋은지 한입 한입 예뻐진다는 생각으로 먹기 바란다.

⑦ 한국 전통음식이 최고의 미용식

미용식이라는 건 별게 아니다. 한국 전통식으로 해 먹으면 그게 최고의 미용식이다. 빈대떡에 사용되는 녹두가루도 몸에 좋은 것이다. 녹두나 감자를 믹서로 갈아서 부쳐 먹으면 그게 최고의 건강식이요, 미용식이다. 포테이토칩도 나가서 사 먹으면 염분 덩어리에다가 안 좋은 기름을 써서 피부의 적이 되지만, 집에서 감자를 굵게 썰어 식용유 반과 참기름 반을 섞어서 튀기면 그 이상 맛좋을 수가 없다. 요즘 인기 있는 5중으로 된 스테인리스 냄비에 기름 한 홉만 넣어도 10명이 먹는 튀김이 된다.

2. 피부 상태에 따른 식생활

피지와 수분의 밸런스가 알맞고 세포가 잘 정돈 되어 매끈매끈하고 기미와 주근깨가 없는 피부는 체내 밸런스가 아주 높은 레벨로 유지되고 있다는 증거다. 아름다운 피부를 유지하기 위해서는 첫째 몸이 건강해야 된다. 화장품은 민감하고 중요하게 생각하면서 식생활에는 무관심한 사람이 너무 많고 대부분이 개선하려고도 하지 않는다. 식생활을 바꾸면 체질이 변하고 체질이 변하면 피부가 금세 반응한다. 단언컨대 피부가 아름다워지면 성격도 변하고 인생의 변화를 가져올 것이다. 이렇게 되기까지는 최소 3개월에서 1년 동안 꾸준히 도전할 수 있는 정신력과 끈기가 필요하다.

① 건성피부

피부가 건조하고 윤기가 없는 사람은 수분을 많이 섭취해야 한다. 미네랄워터를 하루 2리터 가량 마시고 당근, 호박, 시금치를 먹으면 좋다. 해산물은 장어, 연어껍질, 다시마, 김이 좋고, 육류로는 돼지껍데기, 닭날개 같은 것이 좋다. 피부 관리는 미네랄 미스트를 뿌린 다음 미백 보습 에센스를 바르고 10~15분 동안 미네랄 티슈를 덮어둔다. 다음, 미네랄 티슈로 닦아 내고 미백 보습 에센스를 발라 주면 피부 건조를 막을 수 있다.

② 피부톤이 칙칙할 때

염분을 삼가면서 비타민C를 섭취하고 클렌징크림 같은 기름기 있는 화장품은 사용하지 않는 것이 좋다. 피부톤이 칙칙하고 눈 주위가 거무스름한 사람은 맵고 짠 음식을 좋아한다. 식성을 바꾸기 어렵겠지만 미용과 건강을 위해 각고의 노력을 해야 하지 않을까 싶다. 피부를 맑고 투명하게 하고 혈색에 좋은 식품으로 잡곡과 검은콩을 들 수 있다. 검은콩에는 단백질을 비롯해 비타민B1, B2, 칼슘 같은 영양소가 풍부하여 피부톤이 어두운 사람에게 좋은 효과를 나타낸다. 그리고 미백에는 비타민C를 많이 함유한 녹차, 파슬리, 완두콩, 감, 유자껍질 등이 좋다. 또 바지락과 시금치에는 철분이 많아 안색이 좋아지며, 콩나물과 숙주나물은 미백 뿐 아니라 젊음을 유지하는 데 효과가 있다.

③ 얼굴이 자주 부을 때

칼륨 섭취와 임파선 마사지로 해독이 필수. 아침에 일어나서 얼굴이 부어 있을 때는 생수를 두어 잔 마셔 체내의 염분을 배출시키는 것이 좋다. 외출하기 전에 두어 번 화장실에 가면 붓기도 빠지고 얼굴도 작아진다. 식품으로 붓기를 빼려면 수박, 오이, 미역, 감자, 바나나, 멜론 등을 먹으면 좋다. 이 식품들은 칼륨이 많이 포함되어 있어 이뇨작용을 한다. 이러한 식품들은 저녁보다는 아침이나 낮에 먹는 것이 좋다. 그리고 루이보스 티도 빼놓을 수 없다. 항상 물병에 넣어 휴대하여 목마를 때 마시면 이뇨작용이 뛰어나서 만족할만한 효과를 볼 수 있다.

④ 주름 개선

나이 들면 피부가 노화되고 주름이 생기는 것은 자연의 섭리다. 여기에 기후변화, 주거환경, 식생활, 정신상태 등이 피부에 영향을 준다. 주름개선에 있어서 식생활은 세 끼 식사를 영양 밸런스에 맞게 잘하는 것밖에 없다. 피부가 거칠어지거나 트러블이 생기면 무조건 병원이나 약국 또는 피부 관리실로 달려가는 사람들이 많다. 하지만 과연 당신의 생활을 잘 모르는 그들이 적합한 대책을 세워 줄 수 있을지 의문이다. 내 피부는 나 자신이 제일 잘 알고 있다. 지난밤에 잠을 충분히 잤는지, 정신적으로 만족하고 행복한지…. 이런 문제점만 해결해도 피부는 회복이 된다. 피부는 정직하다. 주름 개선에는 벌꿀이 좋다. 벌꿀에는 미네랄, 효소, 포도당이 풍부하기 때문에 피부를 매끄럽게 해준다. 또 토마토, 파프리카, 사과를 꿀과 우유를 넣어서 주스를 만들어 매일 한두 컵 마시면 피부가 아름다워진다. 피부 노화 방지에는 다시마나 톳을 불려서 연근, 당근, 유부와 함께 참기름에 살짝 볶아 다시 간장을 넣어 조리하면, 영양이 쉽게 십취되며 완벽한 피부 미용 반찬이 된다. 그리고 보습을 위해 닭 껍질의 기름을 쫙 빼고 잘게 썰어 토마토, 샐러리를 넣어 샐러드를 만들어 먹으면 좋다.

⑤ 덧붙이는 말

미용식은 미식美食이 아니고 소식小食이다. 건강식도 소식이다. 적게 먹어야 한다. 의식동원醫食同源이라 했다. 병을 고치는 것도 식사를 하는 것도 생명을 배양하고 건강을 유지하기 위함이며 그 본질은 마찬가지다.

3. 비타민과 아름다운 피부

① 비타민 A, C, E

비타민 A, C, E 트리오는 피부건강에 있어서 역할이 꽤 크다. 신진대사를 활발히 하는 비타민A는 피부점막 형성에 꼭 필요한 영양소이다. 비타민A가 부족하면 건성피부가 되고 여드름과 트러블이 일어나기 쉽다. 몸이 녹슬지 않고 피부를 아름답게 유지하기 위해서는 비타민E도 빼놓을 수 없다. 비타민E는 비타민C와 같이 산화방지에 뛰어난 효력을 발휘한다.

비타민C는 피부의 성분인 콜라겐 생성에 관여하고 피지분비를 정상으로 유지하는 역할을 한다. 또 기미, 주근깨의 원인이 되는 멜라닌색소의 침착을 억제한다. 이들 비타민 트리오를 무리 없이 섭취하기 위해서는 바로 만들어진 생주스를 권하고 싶다. 신선한 야채를 충분히 넣은 야채수프도 좋은 효과를 나타낸다.

빈혈이 심해서 혈색이 좋지 않은 사람은 철분을 충분히 섭취해야 하는데, 비타민C가 철분의 흡수를 도와주므로 중요하다. 철분은 바지락, 간, 소송채, 콩 등에 많이 함유되어 있다. 그리고 식이섬유가 많이 포함된 식품으로는 비지, 보리쌀, 우엉, 무말랭이, 우거지 등이 있다. 식이섬유를 충분히 섭취하여야 피부의 활력을 빼앗아가는 몸속 노폐물을 매일 정확하게 배설할 수 있음을 명심해야 한다.

② 입술이 건조하고 거칠거칠한 사람

화장을 완벽하게 하고 옷을 잘 차려입어도 입술에 윤기가 없으면 매력이 없다. 입술에 윤기가 없고 거친 사람은 위 점막이 제대로 형성되어 있지 않고, 너무 매운 것을 좋아하거나 영양밸런스가 나쁘거나, 과식을 하는 등 반드시 문제가 있을 것이다. 또한 비타민C와 E가 부족해도 그런 현상이 일어난다. 입술을 윤기 나게 하려면, 우선 소화가 잘되는 식사를 하고 비타민C가 많이 함유된 키위나 자몽을 먹으면 좋다. 만일 입술이 건조해서 껍질이 벗겨질 때는 베타카로틴이 함유된 호박과 당근을 많이 먹으면 좋다. 또 꿀을 입술에 바르고 랩을 해서 5분간 두면 촉촉해진다.

입술이 거칠고 어두운 사람은 귀 뒤에 자극을 해서 노폐물을 배출하는 임파선 마사지를 하면 된다. 그러면 점차 신진대사가 좋아지고 예전의 입술 색깔이 돌아온다. 이것을 매일 5분 정도하면 입술에 생기는 잔주름 방지에도 효과가 있다.

③ 비타민을 많이 포함한 식품군

- **비타민A가 많이 함유된 야채 BEST 6** 모로헤이야(몰로키아), 당근, 시금치, 쑥갓. 신선초. 호박
- **비타민C가 많이 함유된 야채 BEST 5** 새끼양배추, 유채꽃, 브로콜리, 빨간 피망, 콜리플라워
- **비타민E가 많이 함유된 야채 BEST 5** 아몬드, 땅콩, 헤이즐넛, 잣, 호두

비타민	식품	결핍증	효용
비타민A	시금치, 물고기 간류(대구의 간장), 홍당무, 달걀, 녹황색 야채, 황색 과일, 유제품, 우유, 살구	야맹증, 알레르기, 가려움	눈병 치료, 성장촉진
비타민B1	우유, 오렌지, 맥주효모, 야채, 무정제 소맥, 생선, 쌀겨, 땅콩, 건조시킨 효모	각기병, 당뇨, 빈혈, 설사, 변비, 탈모	배 멀미에 효과, 소화에 도움
비타민B2	우유, 소 간, 맥주효모, 치즈, 달걀, 녹황색 야채, 생선, 흙설탕, 오렌지	어지러움, 류머티즘, 무좀, 여드름, 대머리	구강 내(입, 혀)의 염증을 진정시킴
비타민B3	붉은 고기, 맥주효모, 위장, 소맥배아, 우유, 간, 달걀, 푸딩, 아보카도, 해산물, 생선류	구취, 설사, 불면증, 두통, 여드름	위장 장애를 부드럽게
비타민B6	흙설탕, 맥주효모, 소고기, 양배추, 배아, 우유, 달걀, 녹색 야채	빈혈, 여드름, 실엄, 류머티즘, 비듬	구역질을 진정시킴, 노화방지
비타민B12	오렌지, 달걀, 치즈, 생선, 우유, 소 간, 소고기 위장	뇌 장애, 비듬, 체취, 생리통, 빈혈	식욕, 체력증진, 초조함을 없앰

비타민	식품	결핍증	효용
비타민B15	맥주효모, 현미, 호박씨, 참깨, 좁쌀, 해바라기씨, 고기	호르몬선 및 신경조직 장애, 만성 피로	숙취 예방, 피로 해소
비타민B17	사과, 살구, 체리, 복숭아, 매실	암에 대한 저항력이 약해짐	암 예방 및 조절
비타민H	우유, 과일, 맥주효모, 소 간, 너트류, 육류, 달걀노른자	습진, 피로, 불면증	백발, 머리 벗겨짐 예방, 습진 경감
비타민C	피망, 양배추, 감자, 고구마, 참외, 토마토, 감귤류, 딸기류, 녹색야채	고혈압, 코피	감기예방, 수술 후 회복을 도움
비타민D	생선, 간류, 표고버섯, 정어리, 청어, 참치, 고기, 유제품, 뼛가루(골수)	불면증, 근시, 충치, 골연화증	결막염 치료에 뛰어남
비타민E	소 간, 콩, 소맥 배아, 녹색야채, 양배추 싹, 시금치, 콩기름, 참기름, 고기, 달걀, 브로콜리	전립선 비대, 불임증, 심장병, 빈혈	유산 방지, 노화 방지
비타민F	소맥 배아, 해바라기씨, 해바라기 기름, 콩, 호두, 아보카도, 아몬드, 땅콩	비듬, 여드름, 습진, 설사, 알레르기	신장병 치료, 건강한 피부
비타민K	요구르트, 녹색야채, 홍화유, 흙설탕, 대두유, 달걀노른자, 해초류, 생선 간류	설사, 코피	지혈, 월경 때 출혈을 막음
칼슘	우유, 유제품, 치즈, 정어리, 땅콩, 콩류, 호두, 녹색야채	골연화증, 불면증	노화방지, 골절 방지
레시틴	콩	담석증, 전립선 장애, 비만	콜레스테롤 감소
프로틴	콩	스트레스, 허약체질	근력강화
펙틴	사과, 토마토, 당근, 토란, 감자, 완두콩	변비, 숙변	섬유질 보충, 비만 예방

4. 햇볕에 탄 얼굴을 진정시키는 식품

얼굴이 붉어졌다고 하면 과도한 야외활동으로 피부가 뜨거워진 사람일 수 있고, 손발은 차가운데 얼굴 피부만 붉은 사람이거나 혈압이 높은 사람, 유전적인 것 등 여러 종류가 있다. 그러나 일반적으로 혈액순환을 촉진시키면 개선되는 사람이 많다.

해수욕, 골프, 등산, 야외활동으로 피부가 달아올랐을 때는 토마토주스에 검은깨 가루를 한 스푼 넣어 먹으면 좋다. 또한 명란, 장어, 호박, 아몬드, 땅콩 등도 좋은 식품이다. 이런 식품들에는 비타민E가 포함되어 있어 호르몬 밸런스를 좋게 하고 혈액순환을 촉진시킨다. 고등어, 꽁치와 같은 등 푸른 생선은 혈액순환을 좋게 할 뿐만 아니라 토마토, 양파, 양배추처럼 햇볕에 쪼여 열이 나는 피부를 진정시키는 역할도 한다. 손발은 차가운데 얼굴 피부가 달아오르는 사람은 반신욕을 하도록 하고, 식품으로는 당근, 호박, 부추, 생강, 고추, 닭고기를 자주 먹으면 좋다. 그리고 한여름일지라도 차가운 주스는 삼가고 따뜻한 루이보스 티를 마시면 좋다. 일 년 내내 손발을 따뜻하게 해줘야 한다.

5. 과당을 사용하자

① 건강을 좀 먹는 설탕

설탕은 주로 사탕수수에서 즙을 추출하여 정제되고 있으나 정제하는 과정에서 석회, 아황산가스, 암모니아 같은 화학약품이 대량으로 사용된다. 그래서 칼슘, 비타민, 미네랄 등이 완전히 파괴되고 없어진다. 설탕의 과잉섭취로 인해 충치, 비만, 성인병의 증가가 사회문제화 되고 있다. 최근에는 어린이들까지 당뇨병 같은 소아성인병이 증가하고 있다.

② 결정 과당은 건강한 인체의 친구

원래 과당은 자연계에서 단독으로 존재하지 않는다. 대략 포도당 또는 다른 물질과 공존한다. 과당은 결정되지 않는 당으로 약 200년간 방치해 왔으나 수십 년 전 유럽의 한 제약회사가 과당결정체 생산에 성공했다. 과당은 우수한 건강감미료로 주성분이 벌꿀과 같으며 설탕보다 1.5배나 더 단맛을 낸다. 벌꿀 속에는 과당이 40%나 함유되어 있고, 과일의 맛도 과당의 단맛이다. 과당은 단순히 달콤함이 아니다. 오래전부터 자양 강장식으로 인체의 건강에 많은 기여를 해왔다.

③ 과당의 몇 가지 특징

- **과당은 인슐린을 낭비하지 않는다** 과당은 인슐린의 힘을 빌리지 않아도 인체에 흡수되므로 췌장에 부담을 주지 않아 당뇨병인 사람도 안심하고 사용할 수 있다. 당뇨병 합병증 예방에도 유효하다. 인슐린 과다 분비는 체내에 대량의 지방을 합성한다. 과당은 인슐린을 필요로 하지 않기 때문에 비만 방지도 된다.

- **과당은 간 기능을 강화한다** 과당은 간의 활동력의 원천인 글리코겐을 용이하게 만들어 낸다. 간질환의 경우 과당에서 글리코겐 생성을 방해하지 않는다.

- **과당은 세포를 활성화한다** 인간의 생명은 세포이다. 과당은 항상 인체 세포를 활성화시켜 젊음을 유지하는 데 도움을 준다. 즉 노화 방지 작용이 있다.

- **과당은 쾌변을 돕는다** 과당은 소장에서 흡수되지만 일부는 대장까지 도달하고, 대장에서 수분을 받아 변을 부드럽게 하여 쾌변을 돕는다.

- **과당은 혈당을 안정시킨다** 과당은 인슐린의 힘을 빌리지 않고 흡수되는 특징이 있기 때문에 과당의 섭취는 혈당 안정에 도움을 준다.

- 과당은 인체 내에서 당을 분해하고 에너지화 코스를 택하기 때문에 칼슘 낭비가 없으며 충치의 원인인 덱스트란Dextran을 만들지 않는

다. 또한 피로의 원인이 되는 젖산을 제거하여 피로 해소에 효과가 있다.

- **식품에 이용** 과당은 육류, 생선요리에 사용하면 아미노산과 반응하여 맛이 한층 더 좋아진다. 과당은 불고기 양념, 샐러드, 드레싱에 사용하면 각별한 풍미가 있고, 쨈이나 젤, 크림을 만들 때 넣으면 최상의 맛을 내며, 케이크에 사용하면 차분한 습기 때문에 먹기가 좋다. 또한 커피, 홍차의 맛과 향을 더욱 좋게 하며, 어린이 이유식에도 안심하고 사용할 수 있으니 건강유지에 필수라 하겠다. 또한 과당으로 과실주를 담으면 과일에 포함되어 있는 약효성분과 과당의 약리작용으로 인해 훌륭한 과실주가 된다. 특히 과당은 삼투압이 보통 설탕의 2배가 되기 때문에 숙성기간을 단축시키고 맛과 향이 일품이고 양도 적게 든다. 예를 들어 매실 1Kg 소주 1.8리터 정도라면 설탕은 1,000g을 넣어야 하지만 과당의 경우 500g만 넣으면 된다.

5

빛바랜 연서

빛바랜 연서

1. 감동의 러브레터

내가 이 책을 출간하는 진짜 이유가 있다. 지금으로부터 칠십여 년 전 남편에게 받았던 연애편지를 영원히 남기고 싶어서다. 늙은 사랑 얘기가 그리 재밌지는 않겠지만 나의 간절한 열망을 이해하고 읽어 주었으면 한다. 그리고 당시의 연애편지는 젊은 사람들이 읽기에 다소 생경할 수도 있겠지만, 나는 아직도 읽으면 읽을수록 가슴이 설렌다. 그는 문인은 아니었으나 영혼은 시인처럼 고결했다.

내가 그를 만난 것은 대구사범학교에 다닐 때였다. 겨울방학 때 불교학생회에서 하는 연극 연습을 보러갔다가 만났다. 남편은 그때부터 내가 누군지 자세히 알아보았고, 하급생들을 통해 내게 편지를 보냈다. 내가 반해서, 그에게 평생을 바치게 된 문제의 편지들이 그때부터 나에게 한 통 한 통 전해진 것이다.

떠나는 그대, 보내는 이 사람, 말없이 역 앞에서 헤어졌지요. 나 제석은 똑똑히 두 눈에서 사라지지 않는 그대를 어루만지면서 이 글을 쓰나이다. 부디 평안히 들으셨는지요.

추풍추색 글자 그대로 어느덧 가로 여체는 다홍색 짙어 들었습니다. 그 안에 쌓인 몸이 가을인지, 이 몸에 쌓인 빛이 가을인지, 여하튼 분명히 가을은 찾아왔습니다.

떠나려야 떠날 수 없는 선생의 무릎을 떠나온 것이 흡사 희망을 잃어버린 어린 양의 형극이치인가 생각되나이다. 그러나 공간적 거리는 두렵지 않사와 밤마다 마음 모인 꿈결에서 선생을 찾고 있나이다. 그날 나는 차에서 내려 대지에 어린 열사흘 달빛을 등지고 가슴엔 선생의 연정을 껴안고 밤길을 굽이쳐서 이 집을 찾았습니다.

이성적인 주영 씨의 모습을 그리웁고 이 글을 쓰나이다. 모쪼록 끝까지 읽어주시옵소서. 눈 내리고 비 내리던 그 밤, 나는 오로지 맹부의 세계인으로 화하고 말았을 것같이 미미한 침묵을 지켰나이다. 현명하시고 우아하신 주영 씨를 이 조그마한 세포로 그리웁는 것은, 자신, 죄송하오나 모든 지장과 양심을 무릅쓰고, 솔직한 고백으로써 당신을 맞으려고 합니다.

그러나 주영 씨, 조건적 반사는 필요치 않으니 다만 나의 동경과 사색에 가치 될 것을 알아주신다면 당신의 표정 그대로 나에게 보내주시고 만일 그러지 않으면 그것도 좋습니다.

주영 씨, 나는 이렇게 명상합니다. 그대 한 발짝 한 발짝 모두가 그대의 사색의 일단이라면 전신이 부서지도록 가로에서 학교에서 찾고 지워요. 뿐만 아니라 초봄의 길가에서 당신을 맞이하고자 싹트는 봄, 1월 초순 그대가 회관의 층계를 올라올 때 나의 시선은 다만 그대의 두 가슴에 비추었습니다.

이상하게도 시간과 장소가 나로 하여금 당신을 괴롭게 하는가 보오. 그러나 원망이 있사옵거든 똑바로 나에게 보내주시오. 주영 씨의 생각은 꼬리를 감추지 않고 점점 혼선한 세상으로 인도하옵나이다. 이러한 정신적 역량이 부족한 나로 하여금 능히 이해하여 주신다면 세상의 행복인가 하옵고, 스스로 그림자 없는 당신을 앞두고 맹세하겠나이다. 다행인지 불행인지 우리는 아직도 배울 수도 있으며 서정성이라는 천부적인 소질을 갖고 있으니 앞으로 얼마라도 진출성은 풍부합니다.

주영 씨, 세기의 뒤바뀜에 따라 우리들, 이성과 타성도 하등 변함이 없습니다. 이러한 점에 있어서 충분한 개성과 이해를 가져 주시옵기 엎드려 비나이다. 이제야 상호 의심할 필요가 없나이다. 이렇게 최후의 방도를 취해서 당신을 맞으려고 하는데 무슨 별다른 이유가 있겠습니까. 다만 나의 솔직한 고백을 기재하고저, 이 사람은 모든 점에 있어서 빈약하고 천박하오니 그 점 명념하여 주옵소서.

그리고 만분의 일이라도 당신의 솔직한 애정, 나를 찾는다면 행복스럽게 맞이할 것이며 또한 결핍한 천성과 동태를 그로 말미암아 충분히 보충될까 믿습니다. 이제야 마비된 정신은 소리 없는 그곳으로 향하여 몇 번이나 찾으며 나의 혈액 중에 약동하는 사랑의 정맥은 힘차게 각부 조건을 마련합니다.

주영 씨, 당신이 이 사랑을 수용하시든, 안 하시든, 오늘을 계기로 하여 나의 자신과 환경을 모조리 당신에게 맡기시니 양지하여 주옵심을 간절히 비나이다. 희망과 서광을 맞으려는 당신에게 이러한 낭객이 소요시켜서 대단히 죄송합니다. 그러나 이것도 숙업의 연과 우의 결합인가 양해 하시옵고 널리 용서하여 주옵소서.

춘기 방학 시는 사정에 의하여 귀성치 못하고 지금 덕산정 회관에 홀로 있사오니 여가 있사옵거든 자주자주 뵈주옵소서. 끝으로 개학 시까지 몸성히 지내시도록 비옵고 이만 붓을 놓나이다.

사대 정제석

추신 - 가부간 편지라도 한 장 보내주시면 좋을까 하나이다.

우리 남편은 이렇게 추신으로까지 답장을 받고 싶다는 마음을 전했다. 하지만 숱한 편지를 받아도 나는 답장을 한 번도 보내지 않았다. 결국 답장 한 번 써주지 않은 채 결혼을 했다. 내가 답장을 쓰지 않은 이유가 있다. 그이는 너무나 달필이고 문장이 좋다. 하지만 나는 그만큼 쓸 자신이 없었기에 차마 답장을 쓰지 못했다.

물론 답장을 아예 쓰지 않으려고 했던 건 아니다. 내 글이 그에 못 미쳐서 받아보고 실망할까봐 쓰다가 찢어버리고, 또 쓰다가 찢어버리길 반복했다. 그러다보면 다음 편지가 오고 또 왔다. 나를 감동시킨 그이의 편지들은 지금도 고스란히 간직하고 있다. 누레진 편지지와 봉투를 보고 있으면 이게 내 인생의 역사이지 싶다. 받은 지 70년이 지난 것들이라 혹여 찢어질까 아주 소중하게 보관하고 있다.

남편의 편지는 우리 아들들도 다 읽었다. 자기들은 죽었다 깨어나도 이런 편지를 도저히 쓸 자신이 없다며 혀를 내둘렀다. 아무렴! 아무나 흉내 낼 수 없다. 이 편지들은 오직 그이와 나 사이에 오고간 사랑이 가득 실린 러브레터이니까.

19세 약혼 무렵

2. 이제야 보내는 답장

당신에게서 연서를 받은 지 75년 만에 이제야 답장을 보냅니다. 열아홉 살에 처음 당신을 만났는데 숱한 세월이 흘러 벌써 아흔넷이 되었네요. 만약 당신이 지금의 나를 본다면 과연 알아볼 수나 있을까요? 그동안 세상은 너무도 바뀌어 과거에 있던 거의 모든 것들이 사라지고 새로운 세상이 펼쳐졌어요. 그리고 세상이 바뀐 것처럼 우리 아들들도 열심히 공부해서 의사가 되었답니다. 현재 큰애는 동경에서 크게 피부과를 운영하고 있고, 셋째는 뉴욕 43번가에서 피부과를 운영하고 있어요. 막내도 동경에서 피부과 의사로 형들처럼 존경받는 의사로 지내고 있답니다.

예전에 막내 충이가 내 곁에서 피부과 병원을 개업할 당시만 해도 아토피환자가 참 많았어요. 병원에서는 스테로이드연고와 항생제를 처방해줄 뿐이라 부작용에 신음하는 환자들을 치료하기엔 속수무책이었죠. 이에 충이가 밤잠을 아껴가며 부작용 없이 치료할 수 있는 방법을 연구한 결과, 혈액순환과 보습은 기름이 아니라 물이라는 것을 깨닫고 임상실험을 시도했습니다.

모든 인체의 건강은 혈액순환이다. 성인병도 혈액순환이다. 세포가 기저층에서 태어날 때의 환경을 갖춰져야 한다. 아무리 자연식물일지라도 피부에는 이물질이다. 그래서 내가 모니터를 해주며 임상실험을 되풀이했어요. 그러는 동안 볼에 있던 기미와 기름때가 없어지고 화장하지 않아도 외출할 수 있는 피부가 되었어요.

이 연구 덕으로 아토피가 매우 심한 환자들도 좋은 결과를 보게 되었어요. 우리 충이는 아토피성 피부 질환에 대한 논문으로 박사학위를 받았습니다. 그뿐만이 아니라 『아토피를 극복한 사람들』이라는 책을 발간해서 전국에서 수많은 환자들이 몰려들었어요. 또한 두 번째 저서 『아토피는 무섭지 않다』도 꽤 많이 판매되었어요.

내가 43살 되던 해 '화장품 판매여왕'으로 선정되어 프랑스에 갔었지요. 그때 강의를 했던 루노 박사의 어머니가 70세였어요. 그런데 그분의 피부가 너무 아름다워서 "어쩌면 그렇게 피부가 아름답습니까?"라고 질문했었죠. 그분은 피부과 의사인 아들 루노 박사 덕분이라고 대답했어요. 그때 그분의 얘길 들으면서 결심했어요. '나도 아들 셋 중 하나는 피부과 의사로 키워 아들은 환자를 치료하고 난 피부 관리실을 운영하고야 말겠다.'고. 한데 그것이 정말로 현실에서 이루어질 줄 누가 알았겠습니까. 그것도 아들 셋씩이나 피부과 의사가 되었으니 말이에요.

아침마다 막내 병원 앞에 장사진을 치는 환자들을 보고 있으면 마음이 너무나 흐뭇합니다. 다만 당신에게 그것을 보여주지 못해 안타까울 뿐이에요. 동경에서 첫째 헌이와 셋째 훈이의 두 병원 역시 아침이면 많은 환자들이 몰려들 정도로 운영이 잘 되었어요. 그런데 훈이는 10년 간 운영하던 병원을 막내 충이에게 넘기고 지금은 뉴욕 43번가에서 병원을 운영하고 있어요.

여보! 당신이 아시다시피 나는 아무런 종교도 믿지 않습니다. 다만 늘 감사하고 행복한 마음으로 생활하고 있지요. 나이 70에는 처음으로 내 집을 마련하고 '이주영'이라는 문패도 달았습니다. 돈 달라고 손 벌리는 자식이 없다보니 집을 사는 것이 그리 힘든 일은 아니었어요. 집이 넓지 않지만 내 마음에 꼭 들어서 아주 만족하며 살고 있어요. 특히 꽃과 나무로 둘러싸인 정원이 아주 맘에 들어요.

봄에는 소파에 앉아 와인을 마시며 정원에 핀 벚꽃을 구경하고, 그 다음에 붉게 핀 철쭉과 함께 봄을 보내면, 가을에는 단풍이 새빨갛게 물들어 내 마음까지도 붉게 적셔 줍니다. 그리고 방 침대에 누우면 사시사철 형형색색 꽃들이 한눈에 들어오고 새파란 하늘까지 훤하게 보입니다. 그야말로 지상낙원이 따로 없어요. 당신이 내게 주신 연서에 '당신의 낙원에 한 주먹 흙이 되겠다.'고 쓰셨지요. 정말 나의 정원에 흙이 되신 것만 같아요.

당신이 병마에 시달리면서도 마지막으로 한국에 갔을 때, 잠깐 큰아이가 있는 서울대병원에 입원했었죠. 그때 당신 동생들이 입원중인 당신에게서 여비를 받아갔던 것도 생각나요? 동생들은 "형님이 일본으로 돌아가시기 전에 다시 오겠습니다." 하고 내려간 후에 다신 연락을 하지 않았어요. 하지만 당신은 김포공항에서 일본행 탑승을 앞두고 혹시 동생들이 오지나 않을까싶어 뒤돌아보고 또 돌아보면서 떠났다는 것을 큰애한테서 들었습니다.

당신도 알다시피 당시 우리 생활이 얼마나 어려웠습니까. 우리 여섯 식구가 겨우 생활하면서도 당신은 둘째 시동생이 시험장에 취직된 후, 1년 간 일본으로 연수 왔을 때 생활비를 모두 도와주었죠. 뿐만 아니라 아이들 공부하는 데 식량을 대기 위해 사둔 2천 평 논을 처분해서 고향 산소 정비, 전기, 수도, 논과 밭, TV와 복사기까지 사주었어요.

당시 한국은 너무 가난하고 살기 어려웠지만 지금은 당신이 상상도 못할 정도로 잘 살고 있어요. 공항은 해외여행을 떠나는 사람들로 항상 붐비고 있답니다. 당신에게 알려 드릴 것이 하도 많아 무엇을 어떻게 얘기해야 할지 모르겠네요.

나도 그동안 너무나 많은 일이 있었어요. 67세에 화장품 회사를 설립하고, 70세에 번듯한 내 집 마련했어요. 그해 생일에는 대리점 직원들을 초대해 성대하게 고희잔치를 열었어요. 그때는 스스로에게 상을 줄만 했어요. 수많은 꽃다발 속에 묻혀 환하게 웃었죠. 그렇다고 좋은 일만 있었던 것은 아니에요. 그 이야긴 내가 당신 곁으로 갈 때까지 기다려 준다면 그때 직접 알려 드릴게요.

앞으로도 내 희망은 한국과 일본뿐만 아니라 프랑스, 독일, 미국에까지 정통파를 내세운 피부 관리를 해서 자연치유력으로 아름다운 피부, 즉 메이크업을 하지 않아도 당당하게 외출할 수 있는 피부를 만들어 주는 순피부의 혁명을 일으키는 것입니다.

이 세상에 생명이 지속될 때까지 나는 노력할 것입니다. 아직도 하고 싶은 일들이 너무 많아 당신 곁에 갈 날이 언제인지 약속할 수는 없지만, 사람은 태어나면 반드시 죽어야 할 운명입니다. 이것은 모든 인생에게 주어진 공평한 자연의 섭리이기 때문에 나의 죽음도 멀지 않았다고 생각합니다.

과거나 현재나 죽음에 대한 생각은 별 차이가 없다고 생각해요. 그 옛날 진시황제가 신하를 시켜 불로초를 구해 오라던 과거나, 늙기 싫고 죽기 싫어서 별짓을 다하며 몸부림치는 현재나, 생명과 돈은 바꾸어질 수 없으며 인명재천이라는 말처럼 아무도 죽음을 거역할 수 없겠지요.

여보. 내 몸은 점점 노쇠해지고 집중력에도 한계가 왔어요. 어둡고 깊어가는 밤이 상처받고 지친 내 가슴속에 소리 없이 찾아와 속삭입니다. 복숭아꽃이 봉오리 속에서, 꿈이 깊어가는 초봄의 길가에서 70여 년 전 철없던 소녀 때로 돌아가고 싶어요. 봄이 왔다고 전해주는 천리향 따라 정처 없이 떠나고 싶은 마음은 변치 않은데 세월은 속절없이 흘러가네요. 하지만 이슬비에 젖어 춤추는 연분홍 수국의 순정은 변치 않습니다.

여보. 우리 꿈에서라도 자주 만나요. 지금도 주영은 당신을 사랑하고 있습니다. 내 마음을 흔들어 놓았던 열렬한 프러포즈를 담은 연서를 한 번 더 보내 주세요.

옛날과 같이 항상 나에게 신경을 써주기를 기대하면서….

2022년 4월

당신의 아내 주영이가

3. 당신이 만들 낙원

67세에 시작한 사업이 순조롭게 본궤도에 올랐다. 가고 싶은 여행, 먹고 싶은 요리, 입고 싶은 옷과 보석도 다 마음대로 하고 있다. 하지만 다시 한 번 열렬한 사랑을 해야 하는데 무심한 세월은 잠시도 멈추지 않고 흘러만 갔다. 앞에서도 말했다시피 사랑은 아름다운 피부의 첫째 조건이다. 맑고 깨끗한 아름다운 피부를 유지하기 위해서는 사랑을 해야 한다.

아름다운 피부를 유지하는 조건으로 내가 늘 강조하는 게 있다. 첫째, 영양적으로 균형 잡힌 규칙적인 식생활이 가장 중요하다. 이건 철칙이다. 둘째, 숙면을 해야 된다. 저녁 10시에 자서 아침 6시에 일어나는 것이 가장 이상적이다. 밤 11부터 새벽 2시, 이 4시간 동안에 여성호르몬 분비가 가장 많기 때문이다. 셋째, 사랑을 할 것! 사랑을 하면 남녀노소 할 것 없이 아름다워진다. 넷째, 적당한 운동이다.

나는 이 중에서 딱 한 가지가 빠진다. 사랑하는 상대가 없다.

그러나 지금까지 화장을 하지 않음에도 불구하고 '홍안의 소녀' 같다는 얘기를 듣는 이유는 바로 사랑에 대한 소망이 있기 때문이다.

돌아보면 나는 남편과 약혼 시절 5년, 결혼해서 15년, 그리고 둘의 공백기가 10년이었다. 내 인생에 비해 그이와의 결혼생활은 너무 짧았다. 그이 나이 53세, 1970년 3월18일 오전 1시17분에 영원히 내 곁을 떠났다. 간암으로 3개월 이상 살지 못한다고 했으나 입원한 지 9개월 만에 생을 달리했다. 보험도 없던 시절이라 간에 좋다는 약을 다 구해서 복용시키다 보니 막상 남편이 사망하자 장례 치를 비용마저 없었다. 장남은 비자가 끊겨 일본에 오지 못했다. 그래서 나 혼자 어린 삼형제와 장례식을 치르고, 유골을 안고 집에 돌아와 향을 피워 놓고 그이에 대한 10년간의 감정을 다 풀었다.

3년 후, 나는 그이의 유골을 경상북도 영천 신녕에 있는 선산 시아버님 옆에 묻었다. 그리고 두 번 다시 이곳엔 오질 않을 것을 맹세하며 돌아섰다. 이제 남편과는 다음 생에서의 만남을 기약하는 수밖에 없다. 나는 친구들에게 얘기했다. 우리 부부는 평생 나눌 것을 한 번에 다 모아서 살았다고. 그만큼 남편이 나에게 자상했다는 얘기다.

나는 늘 밝고 희망적이었지만 남편은 조용하고 사색적이었다. 자신이 비극 속의 주인공마냥 그것들을 글 속에 표현했다. 그랬다. 그는 시인이나 소설가가 더 어울렸을 법한 사람이었다. 워낙 과묵한 성격이어서 주로 내가 말을 했다. 머리가 아프거나 기분이 좋지 않아서 말을 안 하고 있으면 남편은 내게 "오늘은 보고할 거 없습니까?" 하고 물었다.

밥도 꼭 집에서 먹고 외출했고, 애들 기저귀도 불평 한마디 없이 갈았다. 아무리 피곤해도 잘 때 꼭 한쪽 팔을 내주었다. 팔 안 저리나 물으면 괜찮다고 팔을 베라고 대답했다. 그이의 목소리에는 사랑이 담뿍 담겨 있었다.

남편이 죽은 직후에는 슬픔에 잠길 시간조차 없었다. 아들 넷을 키워야 하기에 슬픔이나 공허감은 사치였다. 나는 씩씩하고 강해질 수밖에 없었다. 남편을 땅에 묻고 온 직후부터 날 두고 떠난 그이가 원망스러워서 생각하지 않기로 했다. 어쩌면 아이들이 있어서 견딜 수 있었는지 모른다. 그래서 나는 종종 아이들에게 이런 말을 했다.

"너희들이 있어서 내가 버틸 수 있었다."

아들 삼형제가 한국에서 공부하고 있을 때는 마음 놓이는 날이 없었다. 다들 무사히 졸업하고 일본에 돌아와서 의사국가시험에 합격했을 때는 정말 남편의 빈자리가 크게 느껴졌다. 그이가 있었으면 얼마나 좋아했을까. 이 기쁨을 누구에게 전해야 할까, 전화 수화기를 들고 한참 생각하다가 도로 내려놓았던 기억이 생생하다. 그렇게 그이가 너무도 그리워지거나 힘이 들 때는, 나에게 잘해 주던 기억보다는 마음이 다른 여자에게 기울어졌던 배반의 세월을 생각하였다.

사실 이 얘기는 가슴속에만 묻어 두려 했던 이야기다. 남에게 한 번도 들려준 적이 없지만 모든 걸 솔직하게 써야겠다고 생각한 이상, 이젠 속마음을 털어놓아야겠다.

불타오르는 뜨거운 정열도 언젠가는 재가 되어 날아가듯이 그이의 마음도 서서히 다른 여자에게로 기울어졌다. 그 일로 난 매일 밤 베갯잇을 적시며 울었다. 그리고 서서히 "내 청춘은 당신에게 다 바쳤소." 하던 그이를 내 마음속에서 지우개로 지워 나갔다. 하지만 어쩌면 그이가 그렇게 날 떠났기 때문에 그 후의 모진세월을 버텼는지 모른다. 그이와 나 사이의 공백, 10년이란 세월을 울부짖고 꾸짖고 원망하는 일 한 번 없이 내 인생을 악착같이 살아갈 뿐이었다. 배신에 복수하는 길은 내가 더 잘 살고 아들 사형제를 훌륭하게 길러내는 것이었다.

그렇게 떠나갔던 그이는 쉰둘에 중병이 들어 내 곁으로 돌아왔다. 나는 10년간의 공백을 지우개로 깨끗이 지웠다고 생각했다. 그러나 얼굴이 노랗게 뜬 그이를 보자 앞뒤 생각할 겨를도 없이 병원부터 데려갔다. 진찰을 마친 의사가 나를 불러 무겁게 입을 열었다. 간암이었다. 너무 늦어서 수술이 어렵고, 앞으로 3개월 이상 살 수 없다고 했다.

날 배신했던 그이가 너무 야속해서 앞에 있다면 짓밟고 싶을 만큼 독한 마음이었다. 하지만 막상 남편의 시한부 선고를 들으니까 가슴이 칠렁 내려앉았다. 정신을 간신히 차리고 웃는 얼굴로 남편에게 "만성간염이니 3개월 정도 입원하면 완치된답니다."라고 둘러댔다. 그리고 환자복을 입은 그이를 보자 지난 과거는 다 잊고 4형제 아버지라고만 생각하기로 했다.

그리고 장남 힌이가 의사가 되고 결혼해서 손주도 안기는 것을 봐야 하지 않겠나 싶어 없는 형편이었지만 간에 좋다는 약은 다 썼다. 또 매일 남편이 먹고 싶다는 음식을 장만해서 하루도 빠짐없이 병원을 찾았다. 하지만 그이의 병세는 날이 갈수록 더해만 갔다. 그러던 어느 날 그이가 몽롱한 상태에서 이렇게 중얼거렸다.

"아사미가 대학 졸업할 때까지 살아야 해."

아사미는 그이가 일본 여자와의 사이에서 난 딸이었다. 기가 막혔다. 하지만 그 아이에게 무슨 죄가 있겠냐 싶었다. 또 얼마나 보고 싶었으면 그랬을까 싶었다. 그래서 죽기 전에 만나게 해주려고 그 여자에게 남편의 병실을 알려 주었다. 그렇지만 그녀는 남편이 죽을 때까지 단 한 번도 문병을 오지 않았다. 그이는 10년간 동거하는 동안에 쌍둥이 아들 둘과 밑에 딸 하나를 두었다. 그이는 세상을 떠나면서 과연 무슨 생각을 했을까?

나는 이제 그 배반의 세월보다는 우리 둘이 만나서 연애하고 결혼해서 다정하게 살았던 시절만 생각하고 싶다. 그 10년간의 세월은 그의 일생일대의 실수였다고. 그이의 말대로 그이의 청춘은 나에게 있다고. 그것만 생각하고 싶다. 더군다나 너무나 소중하고 귀한 아들 넷을 나에게 주지 않았던가.

밤 12시가 넘은 시간에 그이의 사진 앞에서 와인을 마시고 있다. 내게 지독한 괴로움을 안겨 주었지만, 다정했던 그이의 품은 결코 잊을 수 없다. 오늘따라 와인 몇 잔에 취기가 올라 고이 모셔 두었던 그이의 연서를 다시 꺼내 읽는다.

주영 씨, 사나이 첫 미련을 당신에게 솔직히 고백하오니 읽어 주시고, 연상은 꼬리를 물고 좀체 나의 머리 곁에서 떠나지 않습니다. 주영 씨, 세상의 인정과 사정이 모두가 그러한 것이 원칙이라면, 이 사람 역시 단념하겠나이다.

하지만 인간적 창조 이면은 인력으로서 운운할 수 있는 한 좀 더 자유와 정서에 힘써야 될 것이며 또한 한층 부드러운 마음의 수레를 굴리는 것이 그리 과실이 아니라고 믿습니다.

그러나 주영 씨, 곡해는 삼가십시오. 이러한 언사는 개성을 불구하고 혹은 상대의 경우를 불구하라는 극단적 단안은 아니오니, 물론 주영 씨는 현명하옵시고, 엄격하신 자애의 교육을 받아서 이러한 말은 필요치 아니하지만, 간혹 세상에는 이에 해당할 조치를 하여야 할 인사도 있을 것이라서 그렇습니다.

주영 씨, 죄송하옵나이다. 청정하신 몸 기슭에 아니 마음조차 어지럽게 하여 무어라 사과의 뜻을 표하리까. 자신 주저의 감을 금치 못하겠나이다. 이 사람은 다만 주영 씨의 앞날은 마음껏 허사하옵고 당신이 만들 낙원에 한 주먹 흙이 되겠사오니, 아름다운 장미장을 지어주시고, 그 땅에 곡식 뿌려 길이 무궁하옵소서.

주영 씨, 실례이오만, 상호의 오해가 아직도 상잔되고 있사오니, 요컨대 이에 대하여 당신의 마음이 용서하는 정도로 몇 마디 정서를 듣고자 하오니, 고이 냉정하신 판단 아래 회답을 비나이다. 그것이 괴로웁시면 명 토요일 오후 세 시 정각에 관음사에서 만나기로 약속합시다.

'당신이 만들 낙원에 한 주먹 흙이 되겠사오니'

수많은 편지 중에서도 내가 유독 이 편지를 좋아하는 것은 바로 이 표현 때문이다. 나의 낙원에 한 주먹 흙이 되겠다는 말에 내 마음이 마구 흔들렸었다. 읽고 또 읽고, 읽고 또 읽고….

대구에서의 학창 시절은 그가 있어 연분홍빛이었다. 교복 홍치마 위에 연분홍 저고리 입고 나갈 때 그 설렘이란. 둘이 점점 연정이 깊어지자 나는 일부러 그와 떨어져 있는 게 좋다고 생각했다. 사범학교를 졸업하고 교사로 발령 날 때, 빨갱이들이 내려온다고 다들 시골에는 안 가려고 했지만 나는 기꺼이 시골 초등학교를 희망했다. 그곳은 내가 태어난 곳이기도 했지만, 당시 그와 결혼을 앞두고 있을 때여서 대구에 같이 있으면 과욕이 생길까봐 일부러 멀리 간 것이다.

떨어져 있으니까 그립기는 해도 편지도 받을 수 있고, 연애는 거리감이 있어도 여전히 좋았다. 편지에 썼던 "떠나는 그대, 보내는 이 사람, 말없이 역두에서 헤어졌지요."라는 문장을 읽으면 지금도 그때의 광경이 생생하게 머릿속에 떠오른다.

우리는 주로 대구 수성 못과 앞산에서 데이트를 즐겼다. 대구 시내를 빠져나갈 때까지 늘 그는 나보다 20미터쯤 앞서서 걸어갔다. 벤치에 앉을라치면 모자를 벗어 깔아 주었다. 그럼 난 어떻게 모자를 깔고 앉느냐며 주름치마를 살며시 접으며 손수건을 깔고 앉았다. 우린 손조차 잡지 않았지만 가슴은 늘 두근거렸다. 그 옛날의 추억은 언제나 눈부시게 황홀하고 아름다워서 70여 년이 지난 지금도 감동의 눈물이 두 뺨을 적신다. 사랑한다는 말이 쉽게 나오지는 않았어도 그때 그이가 던져 주었던 한마디 한마디가 내겐 잊지 못할 추억이 되어 가슴속 깊이 남아 있다.

우리는 결혼해서 한국에 살기로 약속했었다. 그런데 1950년 6월25일 한국전쟁이 터지자 결혼식도 못 올리고, 이듬해 3월 대담하게도 부산에서 작고 낡은 밀항선을 타고 현해탄을 건너 일본에 도착했다. 목숨 걸고 넘은 사선이었지만, 그와 함께했기에 내게는 호화유람선을 탄 것 못지않은 멋진 여행처럼 기억에 남아 있다.

18시간의 항해 끝에 밀항선에서 내리자마자 일본 경찰들에 이끌려 오무라大村 수용소에 수감됐다. 그곳에 있으면서 다시 한국으로 소환되는 사람들을 보고 공포감에 잠을 이룰 수 없었다. 다행히 우리는 3개월 만에 석방되어 수용소를 떠났다. 파란만장한 인생항로였지만 고생스러워도 그와 함께했기에 행복하고 즐거웠다. 반면에 달콤한 신혼생활보다 앞으로 어떻게 살아나가야 할지 막막하기도 했다.

새벽 2시. 와인 잔을 내려놓고 그리운 남편을 불러본다.

'여보, 당신은 저의 생활을 다 보고 계시는지요. 자식에게 기대지 않아도 이 세상에서 생명이 다할 때까지 저는 행복하게 살 수 있을 거예요. 여보, 나의 마지막 소원은 여성들이 건강하고 아름다운 피부로 가꿀 수 있게 순피부의 혁명을 일으키는 거예요. 죽을 때까지 힘을 낼 수 있게 제게 용기를 주세요.'

4. 노년은 신나는 인생의 새 출발

나는 옷에 대한 애착이 남다르다. 옷이 하도 많다보니 이제 그만 사야지 하는 마음이 굴뚝같지만 맘에 드는 옷이 보이면 어느새 지갑을 열고 있다. '더 이상 옷은 안 산다!' 해놓고 신상이 나오면 또 사고 싶어진다. 하지만 비싸게 주고 산 옷인데도 한 번도 안 입고 옷장에 걸어둔 것이 여러 벌이다. 하긴 옷이라는 게 그렇다. 계절과 상황에 맞아야 되기 때문에 타이밍이 안 맞으면 한 계절이 그냥 넘어간다.

나는 죽을 때까지 옷을 많이 입고 싶다. 뭐라 할까…. 마음에 드는 옷을 입고 여행을 한다든지, 파티에 간다든지, 결혼식에 간다든지 할 때 굉장히 마음이 설렌다. 그럼 스트레스가 해소되고 우울증이 치료된다. 맘에 드는 물건을 쇼핑할 때 가장 행복하잖은가. 나는 그 재미로 산다.

옛날에 남편은 내가 미장원에 갔다 오면 "여보, 오늘 그 머리 참 잘 어울린다."며 칭찬해 주었다. 그럴 때마다 난 거울을 들여다보며 마냥 기뻐했다. 새 옷을 입거나 코디를 새롭게 할 때도 남편은 "여보, 그 옷 참 잘 어울리고 예쁘다."며 날 기분 좋게 만들었다. 그럼 나는 남편하고 외출할 때는 꼭 그 옷을 입고 나갔다.

남편은 예쁜 옷과 긴 머리를 좋아했다. 특히 프랑스 루이 16세의 왕비 마리 앙투와네트의 긴 머리를 좋아했다. 그래서 나도 그 머리를 하고 애교머리도 조금 내놓곤 했다. 하지만 긴 머리는 관리가 어렵다. 더구나 당시에는 드라이기가 없던 시절이라 겨울에는 머리가 잘 마르도 않을 뿐

더러 아침마다 꿉꿉한 냄새가 날까싶어 새로 감느라 무척 애를 먹었다.

머리카락이 헝클어지기라도 하면 남편은 “여보, 미장원에 갔다 와. 그동안 집은 내가 보고 있을 테니까.” 하면서 극구 나를 미장원으로 보냈다. 그리고 미장원에서 예쁘게 하고 오면 “여보, 그 머리 참 예쁘다.” 며 좋아했다. 남편의 관심 때문에 길렀고 애틋한 기억들도 많았지만, 그이가 세상을 뜨고 나서 긴 머리부터 잘라 버리니까 얼마나 편하던지.

필자 나이 84세 때

언젠가 강연 갔을 때였다. 내 강연에 앞서 고베대학 경제학 교수가 '노인의 생활'이라는 주제로 강연을 하고 있었다. 그 뒤를 이어 나는 '노인의 건강관리와 식생활'에 대한 강연을 하기로 돼 있었다. 그런데 교수의 강연을 경청하고 있으려니 뒷자리 영감 둘이 나에 대해 수군거렸다.

"이 할머니 좀 봐. 빨간 원피스 입고 왔어. 거참 웃기네."

잠시 후 교수의 강연이 끝나고 내가 단상으로 올라가 인사했다. 그리고 영감들 들으라고 한마디 톡 쏘아붙였다.

"우리 동양 남성들은 어째서 여성들을 즐겁고 행복하게 만들어 주는 말 한마디 할 줄 모르세요? 늙어서 틀니가 흔들거릴 뿐 이런 테크닉을 모르는 노인들이 많아요. 이왕이면 여성을 위로하는 좋은 말을 던지세요. 왜 그렇게 유머도 없고 센스도 없으십니까!"

내 말에 영감 둘은 얼굴이 빨개져서 고개를 푹 숙였다.

나는 노인을 대상으로 강연하면 늘 이렇게 말했다. 연초에는 "금년에는 내가 무슨 수를 써서라도 남자친구 만나서 재미있게 즐길 겁니다. 여러분도 도와주세요." 연말이 되면 "올해 남자친구를 만나지 못했어도 나는 단념하지 않아요. 곧 내년이니까요." 그럼 강연장에 온 할머니들이 "안돼요. 선생님이 남자친구 없다고 공개하면 우리에게는 아무도 오지 않아요. 다 선생님을 좋아하지 누가 우리랑 사귀려고 하겠어요?" 하며 웃었다.

아무리 잘났거나 못났거나 나만을 좋아하는 사람이 어딘가에 꼭 있다. 남들이 볼 때 저런 남편하고 어떻게 사나 싶어도 부부 금슬이 좋고, 또 저런 여자와 어떻게 살까 싶어도 그 남편은 자기 아내가 최고다.

노인회에 가보면 할아버지들과 함께 있는 곳은 할머니들의 차림새가 다르다. 평소보다 더 예쁜 옷을 입고 나오려고 애쓴다. 일본 노인회에는 혼자된 할머니가 할아버지에 비해 압도적으로 많다. 남자들이 여자들에 비해 1/4인 만큼, 조금이라도 먹고살기가 괜찮은 할아버지는 좀 더 젊고 예쁜 할머니하고 금세 재혼해 버린다. 꼭 결혼을 원치 않더라도 일단 할머니들이 아름다워지기 위해 노력하는 모습이 예뻐 보인다.

노인회에 나오면 식사하고 놀다가 반드시 댄스 시간을 갖는다. 그런데 할머니들이 압도적으로 많다 보니 파트너가 되는 할아버지들이 무척 바쁘다. 할머니들은 쉴 시간이 있는데, 할아버지들은 쉴 사이도 없이 추고 또 춘다. 인기 있는 할아버지는 서로 파트너가 되려는 할머니들 때문에 아주 녹초가 되고 만다.

나는 파티를 좋아한다. 그래서 항상 신년에 새해계획을 세울 때면 노는 것부터 먼저 계획을 세운다. 그러면 내 생활에 충실하고 노력을 아끼지 않게 된다. '올해는 이러저러하게 놀아야 하니까 돈이 좀 많이 들겠군. 열심히 제품을 팔아서 매상을 올리자.' 이렇게 결심하고 열심히 재밌게 일한다. 그저 돈을 쓰고 낭비하는 것이 아니라 재밌게 파티를 하는 것이다. 일본 친구 하나는 드레스까지 맞춰 놓고 파티에 꼭 초대해 달라고 애원했다. 파티용 드레스를 입고 갈 데가 없다며 내가 여는 파티만 기다리고 있는 것이다.

그러나 노는 걸 좋아한다고 해서 자기 오락만 해서는 안 된다. 벌면 번만큼 사회에 환원하고, 또 열심히 일해서 다 같이 즐겁게 인생을 보내는 게 중요하다. 나는 우리 회사 화장품이 한국에서도 유명해지면 고국에서 꼭 하고 싶은 일이 있다. 미용학원을 설립해서 한국 여성의 피부를 제대로 관리하는 훌륭한 미용사들을 배출하고 싶다. 더 나아가 중국이나 동남아 사람들도 유학 오는 전문적인 미용학교를 설립해서 아주 유능한 인재들을 양성하고 싶다. 그리고 한국 여성이 세계에서 가장 피부가 예쁘다는 소리를 들을 수 있게 하고 싶다. 화장을 하지 않아도 당당하게 밖으로 나갈 수 있도록 만들고 싶다.

노년이란 새로운 나를 발견하는 인생의 새 출발이다. 자식들도 다 곁을 떠나고 이제야 자신의 시간을 자유롭게 쓸 수 있는 때다. 즉 새로운 인생의 낙을 즐길 때다. 애지중지 키운 자식들에게 집착하지 말고 무엇 때문에 내가 살고 있는지, 내 인생은 무엇이었는지 생각해 볼 기회다. 커다란 실망과 고독에 시달려 보기도 했지만, 결국 나를 즐겁게 하고 행복하게 하는 것은 남편이나 자식이 아니라 나 자신의 마음가짐에 달려 있다는 것을 깨달았다.

난 생일 때마다 평소에 신세진 사람들과 다정한 친구들, 그리고 회사 직원들을 초대한다. 맛있는 음식을 준비하고 생일축하 꽃다발 속에서 하루 종일 재미있게 지낸다. 그리고는 다음 해에는 어떤 방법으로 즐겁게 지낼 수 있을까를 생각한다. 항상 스스로에게 상을 주고 즐겁고 행복하게 지낼 수 있도록 하는 게 정말 필요하다. 아무도 나 자신을 만족시켜 주지 않는다.

옛날부터 자식은 애물이고 오복에도 들지 않는다고 하지 않았던가. 자식이 없는 사람은 내가 자식이 있으니까 그렇게 쉽게 말하는 거 아니냐고 생각할 수 있을 것이다. 하지만 그렇지 않다. 자식이 있는 사람들이 너무 부럽다면, 자식들이 자립해서 외국에서 행복하게 살고 있는 것으로 생각하고 살면 어떨까 싶다. 자식 있는 사람들도 마찬가지다. 이제는 자식들에게 걸었던 모든 것을 내려놓고, 그들의 인생이 있듯이 나의 인생도 있음을 직시했으면 한다.

지금부터는 내 인생의 주인공으로 살아보시라. 정말 마음이 행복하고 편안해질 것이다.

5. 마지막 가는 길은 즐겁게

나는 1935년 7살 되던 해 부모님을 따라 일본에 정착했다. 낯선 땅, 낯선 문화, 낯선 사람들로 인해 어린 나이에 적잖이 두렵기도 했으나 특유의 활달한 성격 덕분에 금방 적응할 수 있었다. 그 당시 한국은 일본의 지배에 있었기에 일본 아이들은 대놓고 재일교포들을 무시했다.

하지만 나는 그런 것에 하나도 기죽지 않고, 오히려 날 막 대하는 일본 아이들을 패주곤 했다. 그 뒤부터는 더 이상 나를 무시하지 않았으며, 나의 화끈한 성격을 좋아하는 친구들이 늘어났다. 그리고 학교가 끝나면 많은 친구들이 늘 우리 집까지 따라왔다. 그럼 난 현관에 가방을 던져 놓고 친구들과 공원으로 놀러 나갔다가 저녁이 다 되어서야 언니 손에 이끌려 마지못해 집으로 돌아갔다. 이처럼 어릴 적 나는 무척 왈가닥이었다.

생각해 보면 아주 까마득한 옛날인데도 불구하고 아버지와 어머니의 얼굴은 여전히 생생하게 떠오른다. 아버지는 고성 이씨(固城 李氏) 사대부 집안의 장남으로 태어나 할아버지 말씀에 순종하는 효자이자 아내를 지극히 사랑하는 애처가였다. 남녀차별이 심한 그 옛날에도 오빠와 차별 없이 키워 주셨으며 막둥이인 나를 특히 더 사랑해 주셨다.

사업 수완이 좋았던 아버지는 만주와 북해도 등지를 돌아다니다 고베에 터를 잡고 가족을 일본으로 불러들이셨다. 원체 통이 컸던 아버지는 사업에 관련된 사람들뿐만 아니라 동네주민들까지 보듬으셨는데, 지금도 기억에 남는 장면이 있다.

추위를 많이 타는 어머니를 위해 아버지는 집안의 모든 방을 한국식 아궁이를 들여 방바닥이 쩔쩔 끓게 만드셨다. 그랬더니 동네 일본인 할머니들이 소문을 듣고 우리 집으로 모이기 시작했다. 할머니들은 뜨끈한 아랫목에 앉아 하루 종일 밥과 차를 얻어 마셨다. 그땐 전쟁 중이라 먹을 것이 풍족하지 않았던 시대였기에 어머니가 너무 힘들다고 아버지께 하소연을 했다. 그래도 아버지는 오죽 춥고 배가 고프면 저러겠냐며 내 가족처럼 할머니들을 돌봐 주었다.

나도 한참 자랄 나이였던지라 늘 허기가 져서 아버지가 외출하실 때마다 고양이처럼 살금살금 뒤를 쫓아갔다. 집에서 먹는 밥보다 아버지를 따라 밖에서 먹는 음식이 훨씬 맛있었기 때문이다. 그럼 아버지는 못 이기는 척 날 데리고 사람들을 만나 식사를 했다. 아버지하고 함께 가면 모든 사람들이 나에게 잘해 주었다. 사탕은 물론이고, 당시로선 귀한 과

앞줄 부모님과 나 / 뒷줄 언니, 오빠, 사촌 오빠

자도 쥐어 줬다. 그때 맛보았던 수많은 고급음식들과 과자의 맛은 지금도 잊을 수 없다. 그렇게 맛있는 식사를 마치고 집으로 돌아오던 어느 날 아버지가 대뜸 이런 말씀을 하셨다.

"주영아. 앞으로 네가 어떤 사회생활을 하게 될지 모르지만, 음식점에 가거나 술 한 잔 마시러 가더라도, 고급 음식점이나 고급 술집으로 가거라. 그런 곳의 손님들은 대부분 수준이 높아서 너에게 도움을 줄 수 있는 사람들을 만나게 될 게다. 그러니까 평소에 절약하며 살더라도 외식은 꼭 근사한 곳에서 해라."

그처럼 어렸을 때 아버지의 영향을 받아서인지 나는 화려하고 우아한 분위기를 유난히 좋아한다.

어머니는 말 그대로 현모양처셨다. 까다로운 할아버지 입맛에 맞춰 매끼 식사를 준비하고 아랫사람들을 보듬고 챙기며 집안의 대소사를 한마디 불평 없이 묵묵히 해낸 훌륭한 맏며느리였다. 아들 셋과 딸 둘을 출산했지만, 아들 둘을 어릴 때 하늘나라로 보내고, 나와 10살 위인 오빠와 5살 위인 언니를 애지중지 키워 주셨다. 어머니가 보여 주었던 모성애는 94세가 된 지금도 잊지 못한다. 내가 자식을 낳아 보니 자식 걱정은 늙어 죽을 때까지 한다는 옛말을 실감할 수 있었다.

지금도 생생하게 떠오른다. 큰애를 임신했을 때 입덧이 심해서 식사를 제대로 못하자 어머니는 한걸음에 달려와 내가 평소 좋아하던 온갖 음식을 만들어서 먹이셨다. 그 덕분에 나는 건강하게 아이를 출산할 수 있었다. 또 출산하고 3개월 동안 찬물에 손도 넣지 못하게 하셨으며, 늘

잔잔한 음악을 틀고 모유가 잘 나오도록 도와 주셨다. 그런 어머니의 노력으로 아이도 건강하고 나도 아이를 낳고 더 젊어졌다는 말을 많이 들었다.

생전에 어머니께서는 이렇게 말씀하셨다. "딸은 어릴 때부터 가르쳐 주지 않아도 생명 있는 꽃을 사랑하고, 생명 있는 아기를 출산하여 사랑하고 키운다. 또 몸이 건강해야 의욕도 희망도 잃지 않고 살 수 있다." 그리고 아버지께서는 "신체가 건강하면 마음도 건강하고 타인에게 배려하는 마음이 생긴다. 타인을 불쾌하게 하고 불행하게 만들면 내 자신은 몇 십 배 불행하게 된다."고 훈계하셨다.

이제껏 나는 '사랑이라는 것은 서로 나누는 것이다. 어느 한쪽에서 모든 것을 다 받는다고 그것이 사랑이 아니다. 기쁨도 그리움도 무엇이든지 나누어야 한다.'는 마음으로 살아왔다. 내가 타인을 인정하고 공감하는 마음을 가질 수 있게 된 것은 모두 아버지 어머니의 가르침 덕분이라고 생각한다.

아흔을 훌쩍 넘긴 나이가 되었어도 어릴 적 어머니가 끓여 주셨던 된장찌개와 반찬들이 너무나 먹고 싶다. 또 한참 뛰어놀고 집으로 돌아온 어린 나를 "우리 주영이"하며 꼬옥 안아 주셨던 아버지가 사무치게 그립다.

항상 밝고 즐겁게 사셨던 아버지를 닮아서인지 나도 침침하고 어둡고 슬픈 것은 싫다. 그래서 우리 아들들한테도 내가 죽더라고 슬픈 표정 짓지 말고 문상객들을 맞이하라고 했다. 또 밝은 장소에서 꽃을 가득 꽂아 놓고 파티를 하라고 했다. 그리고 내 강연 비디오를 틀어 놓고 마지막 파티를 즐겁게 치루라고 했다.

살아 있는 동안에는 너희들 아버지 제사는 내가 지내겠다만, 나 죽고 나면 제사도 지내지 말라고 했다. 살아 있을 때 좋아하는 술 한 잔 대접하는 게 낫지, 죽고 나면 아무 소용없다. 아무리 제사를 잘 지내 봤댔자 다 허사다. 진짜로 귀신이 있고 영혼이 있다면, 제사 안 지냈다고 자기 자식들 못살게 구는 부모가 어디 있겠나.

사실 내가 죽고 나면 지들 아버지 제삿날도 다 잊어버리지 않을까 싶다. 참 이상한 것이, 부모는 아무리 자식이 많아도 애들 생일을 다 기억한다. 하지만 이놈의 자식들은 부모들이 자신의 생일을 잊지 말라고 달력에다 동그라미를 쳐 놓아도 기억할까 말까 한다. 그러니 나 죽으면 자식들은 제삿날 잊을까 걱정할 테니 차라리 지내지 않는 것이 낫지 싶다.

어느 날 아들들에게 이런 말을 해 두었다.

"나 죽으면 한국에 있는 납골당이나 아니면 절에 너희들 아버지 유골하고 같이 안치해다오. 그리고 가끔 엄마 생각나면 찾아와라. 아니, 너무 멀어서 못 온데도 엄마는 괜찮아. 대신 가끔씩 엄마 아버지 생각날 때마다 형제들끼리 만나서 내 모습이 나오는 비디오 틀어 놓고 맛있는 음식 먹으며 즐거운 시간을 보내라."

죽음에 대해서 얘기하다 보니 문득 생각나는 얘기가 있다. 일본에서 자동차판매업으로 돈을 많이 번 사업가가 있었는데 그의 유언은 이랬다.

"내가 죽으면 절대 검은 옷을 입지 마라. 넓고 환한 곳에서 형제들과 친척, 지인들과 거래처 사람들 모두 모여서 파티를 열어라."

그분이 돌아가셨을 때 나도 장례식에 참석했는데 정말 좋았다. 커다란 스크린에 평소 활동하던 그분의 모습이 나오고, 한쪽 벽에는 젊은 시절부터 돌아가시기 전까지의 개인사가 사진으로 전시되어 있었다. 장례식장에 온 것이 아니라 마치 친구 집에 놀러와 함께 사진첩을 들여다보는 기분이 들어 참 좋았다.

또 한 번은 사회활동을 많이 한 어떤 분의 장례식이었는데, 길게 늘어선 화환을 지나 방으로 들어가니 까 문상객들이 즐겁게 술을 마시고 노래하며 춤추고 있었다. 어찌나 좋아 보이던지, 나의 장례식도 슬프게 눈물 흘리는 것이 아니라 나를 추억하러 오는 이들이 소풍 온 듯 즐기는 장이 되었으면 한다. 비디오를 틀어놓으면 죽은 이가 살아 있는 것처럼 느껴지기도 하고, 옛일도 추억하고…. 난 그런 게 참 좋다. 이참에 지면을 빌어 아들들에게 다시 한 번 당부하고 싶다.

"아들들아. 화려함을 좋아하는 엄마를 생각해서 장례식 때 울지 말고, 다들 모여서 즐거운 파티를 열기 바란다. 그리고 나의 마지막 파티 비용은 봉투에 넣어두마. 나는 한세상 우리 아들들로 인해 잘 지내다가 떠나니까 죽어도 여한이 없다."

물과 미네랄 밸런스

1. 물은 생명의 원천

물은 신체의 기능을 항상 일정하게 한다. 기온의 변화에 따라 인체도 변하는데 물은 혈액이나 림프액의 농도를 일정하게 유지하게 하며 체온도 똑같이 유지하게 한다. 이러한 신체의 불변성을 항상성이라 한다.

우리 몸속에는 혈액과 림프액이 흐르고 있고, 그 흐름이 둔화되면 곧바로 건강에 위협을 받게 된다. 더울 때 땀이 나는 것은 대단히 중요한 역할이다. 수분과 노폐물을 배출시켜 체온조절과 신장활동을 도와주기 때문이다.

체액은 거의 모두가 PH7.4로 약알칼리성이다. 혈액은 생명유지에 필요한 영양소를 신체 구석구석까지 운반하고 필요 없는 노폐물을 회수하여 신체 밖으로 배출한다. 혈액이 이와 같이 일을 할 수 있는 것은 체내의 물의 양을 조절하여 신체가 약알칼리성으로 유지되고 있기 때문이다.

혈액은 생명유지에 필요한 전해질이다. 혈액에는 호르몬이나 면역작용을 하는 성분은 물론 혈액을 응고시키는 성분도 포함하고 있다. 체내에 수분이 부족하면 물에 녹아 있는 안지오텐신Angiotensin이라는 호르몬의 농도가 변해 뇌에 갈증 신호를 보내 수분 밸런스를 맞추게 한다.

우리가 매일 마시는 물은 식도, 위, 소장, 대장을 통해 소화관의 점막에 흡수된다. 이렇게 체내에 들어온 물은 모세혈관에 의해 다시 몸 전체에 순환된 후 신장의 여과를 거쳐 땀, 오줌 등으로 체외로 배출된다. 보통 신장을 거쳐 체내에서 순환되는 물의 양은 하루 약 180리터나 된다.

신장은 체내에서 생긴 노폐물을 처리하여 깨끗한 물을 만드는 공장이다. 신장은 하루 소비량의 약 70배에 달하는 물을 재생한다. 그중 약 2.5리터가 땀이나 소변 등을 통해 체외로 배출되므로 체내의 수분 밸런스를 맞추기 위해서는 하루에 최소한 2리터의 물을 섭취해야 한다. 이것이 우리가 하루에 2리터 이상의 물을 반드시 마셔야 하는 이유다.

2. 미네랄 밸런스

그럼 신체에 좋은 물이란 어떤 것일까? 신체에 필요한 플러스 이온인 칼슘, 마그네슘, 칼륨, 나트륨과 같은 미네랄과 마이너스 이온인 인, 염소, 황 등의 미네랄에 탄산이나 유기산이 첨가되어 체액의 산과 알칼리 밸런스를 유지하고 있는 물이다.

국내외를 막론하고 미네랄 밸런스로 보아 건강에 좋은 생수는 석회암계의 수질 측정검사를 통과한 생수가 압도적으로 많다. 생수를 사 먹는 일이 당연하다고 생각되는 이유다.

우리 몸의 세포는 물을 통해 산소와 영양을 공급받으며 노폐물을 배출하고 면역력을 증가시킨다. 좋은 물은 몸에 쌓인 독소나 노폐물을 해독시키고 배출시켜 준다. 이로써 체내 환경을 깨끗하게 만들고 순환이 잘 되도록 함으로써 통증, 알레르기, 성인병 등을 치료하고 예방할 수 있다. 생수를 간격을 두고 천천히 두세 번 마시면 변비를 개선해 주는데, 이것은 생수에 정장整腸작용이 있기 때문이다. 또 생수는 고혈압과 동맥경화 등에도 좋다. 생수의 체내유동에 의해 혈액과 림프액의 흐름이 원활해지고 체내의 노폐물이 혈관을 통해 배출되기 때문이다. 식사 전에 한 컵의 생수 또는 차를 마시는 것은 위장과 소화기관에 적당한 자극을 주고 여러 가지 소화액을 분비시켜 음식물의 소화를 도와준다.

성인은 인체의 70%가 물이며 신생아는 80% 이상 노령자는 60% 정도인데 그중 15%만 줄어도 사망 위험성이 있다고 한다. 인체에 필요한 영양소는 탄수화물, 지방, 단백질, 무기질, 비타민이며 물은 여섯 번째 영양소라 할 수 있다.

그러나 최근에 아이들은 물론 어른들도 생수를 그다지 많이 섭취하지 않는다. 강연을 하면서 젊은 사람들을 대상으로 설문조사를 해보면 목이 마를 때 제일 마시고 싶은 음료로 콜라와 환타 같은 탄산음료를 가장 많이 꼽았고 그 다음이 주스 종류였다. 반면 생수라고 답한 것은 7%에 불과했다. 물이 맛이 없다고 생각하지만 물의 맛은 온도에 달려 있다. 산속 바위틈에서 흘러나오는 차가운 물이 더 맛있게 느껴지는 것이 그 이유다. 물 섭취가 적은 또 한 가지 이유로 수돗물을 염소로 살균했다는 것에 대한 염려도 있을 것이다.

글을 마치며

글을 마치며

뒤돌아보면 정말 악착같이 살아온 세월이었다.

평생 일본에서 아이들을 키우고 사업하면서 이제껏 살아왔다. 하지만 한국인이라는 자긍심은 언제나 내 마음속 깊이 새겨져 있다. 내 아들들에게도 어린 시절부터 태극기를 손에 쥐어 주었다. "너의 조국은 일본이 아니다! 너의 조국은 대한민국이다!"라며 애국심을 고취시켰다. 일본에서 한일 축구경기라도 벌어지면 태극기를 손에 들리고 나가서 응원하게 했으며, 고베 축제 때는 내가 주축이 되어 한복을 입고 참가하기도 했다.

그런 연유로 아들들을 한국으로 유학시켰고, 덕분에 한국 며느리를 셋이나 봤다. 그리고 아직까지 나와 아들들은 국적이 한국이다. 재일교포에 대한 일본 정부의 차별이 더 심해진다 해도 국적을 바꿀 생각은 추호도 없다.

나는 이제까지 살면서 해외를 수없이 돌아다녔지만 여행이 목적인 적은 한 번도 없었다. 모두 일을 겸해서 떠났다. 일을 마치면 출장기간을 조금 더 연장해서 여행했다. 유럽은 기차만 타도 국경을 넘으니까 여기저기 많이 돌아다녔다. 아무데서나 잘 어울릴 수 있는 성격이 내 최고의 장점이다. 세계 어딜 가든 손짓발짓이면 다 통한다. 외국어를 못한다고 두려워할 거 하나 없다. 이 세상에 태어났으니 어디든 다 가보고 죽고 싶다.

아무리 돈과 명예와 지위가 높아도 생명하고는 바꿀 수 없다. 그렇기에 더더욱 생명이 있는 한 뭐든지 다 해보고 싶다. 생을 마감할 때 이것도 못했다, 저것도 못했다 그러면 너무 억울할 것 같아서다. 항상 도전하고 모험하고 남이 하지 못하는 일도 다 해내고 싶다.

나는 1995년 67세에 일본에서 화장품 회사 '사바비안'을 설립해 엄청난 성공을 거뒀다. 막내아들과 함께 오랜 연구 끝에 피부를 자극하지 않는 화장품을 개발한 후 처음에는 '아즈방'이라는 회사에 고문으로 있기로 하고 특허를 넘겼다. 특허를 넘기면서 1%만 달라고 하자 막내아들은 너무 적게 받는 거 아니냐며 불평했다. 하지만 나는 자신 있었다. 분명히 화장품은 성공할 것이고, 2억 엔어치 팔리면 그중 2백만 엔은 돌아올 거라 확신했다.

아니나 다를까 내 예상대로 6개월 뒤부터 막내 통장에 2백만 엔씩 입금됐다. 그런데 시간이 흐를수록 화장품 회사가 나를 경계하기 시작했다. 자꾸 내가 제품에 대해 충고하고 절대 방부제를 못 넣도록 까다롭게

군다는 게 그 이유였다. 아니 솔직히 말하면 경계가 아니라 무시했다. 처음에는 회사 직원들이 나를 먼저 만나고 나서 막내를 만났다. 하지만 갈등이 점점 심화되자 날 제쳐 두고 막내하고만 면담하고 그냥 가버렸다.

자존심 강한 나로서는 절대 용납할 수 없는 일이었다. 곰곰이 생각해 보니 이러다가 막내한테 용돈이나 타서 살아야 할 거 같다는 생각이 들었다. 그래서 "에이! 밑져야 본전이다! 아들과 함께 개발한 무공해 화장품이다. 오랫동안 영업을 해봤겠다. 내가 직접 한 번 팔아보자!" 하고는 인터넷 판매를 시작했다.

처음에는 불안하고 겁도 났다. 육십을 넘긴 적지 않은 나이에 실패하면 어쩌나, 적은 돈이 드는 것도 아닌데 이러다가 알거지가 되는 게 아

사바비안 코리아 창사 기념식에서 초대 손님 배우 정영숙 씨와 함께

닐까 걱정이 마구 밀려왔다. 그러나 화장품을 써본 소비자들의 반응이 폭발적이었다. 피부가 몰라보게 좋아졌다면서 구매자의 90% 이상이 재주문을 했다. 혼자 전화 받고 배달까지 하다가 날이 갈수록 주문이 폭주하자 직원을 뽑았다. 한 명은 컴퓨터 담당, 다른 한 명은 주문전화 담당, 그리고 나는 상담을 했다.

사업 시작할 때 막내아들은 제발 가만히 좀 있으라며 용돈을 알아서 주겠으니 고생하지 말라며 만류했다. 하지만 아들이 그럴수록 난 오기가 생겨서 "니 돈은 절대 안 받는다! 내가 벌어 내가 쓴다!" 하며 큰소리쳤다. 그렇게 2년이 지나 사업이 본궤도에 오르자 막내아들은 주변 사람들한테 영업하고 싶으면 우리 어머니한테 배우라고 할 정도가 되었다.

여담이지만, 우리 사바비안의 공장은 북해도에 있다. 일본에서 물이 가장 좋아 그곳으로 택했다. 공장 내에는 멸균실이 있다. 처음에 자꾸 불량품이 나와서 아예 멸균실을 만들었더니 그제야 품질이 변하지 않았다. 그리고 대부분의 화장품은 몇 단계의 유통과정이 있어서 소비자는 비싼 돈을 주고 화장품을 사야 한다. 하지만 과감히 중간 유통을 없애고 직접 소비자한테 팔았다. 한마디로 소비자는 좋은 상품을 보다 저렴한 가격에 살 수 있는 것이다. 이게 바로 내가 지향하는 비즈니스의 참 모습이다.

월급쟁이, 주부들, 학생들, 누구든지 다 살 수 있도록 대중적인 가격 책정을 나름대로 해놓았다. 하지만 이런 나와는 반대로 상품이 잘 팔린다 싶으면 바로 가격을 높게 책정해 버리는 화장품 회사들의 행태가 정말 싫다. 잘 팔리든 아니든 일단 결정한 가격을 자꾸 변경하는 건 옳지 않다. 이익을 덜 보더라도 많이만 팔리면 수입은 괜찮으니까 대중적인 가격을 정하는 게 옳다. 이후 2002년에는 한국 지사 '사바비안 코리아'를 설립했으며 전국 60여 곳의 대리점이 문을 열었다. 내 예상대로 우수한 제품에 합리적인 가격으로 많은 여성들이 반겨 주었다. 하지만 여러 가지 문제가 얽혀 2010년 사바비안 코리아의 경영에서 완전히 손을 뗐다. 이후로도 계속해서 좋은 성과를 올리길 기대했으나 시간이 흐를수록 매출이 떨어지고 있다는 소식이 들려와 마음이 착잡했다.

그래서 2013년에 85세의 나이로 '몬드 레브'를 설립해 도전을 이어가고 있다. '몬드 레브Monde Reve'는 프랑스어로 '꿈'이란 뜻이다. 여기서는 진짜 좋은 화장품은 비쌀 필요가 없다는 것과 모든 여성들의 꿈을 이뤄주고픈 나의 꿈이 고스란히 들어간 제품을 만들어 내고 있다. 그러나 애석하게도 3년 전 심장협심증으로 죽을 고비를 가까스로 넘긴 후로는 갈수록 기력이 떨어지고 있어서 회사를 온전히 이끌어갈 자신이 없다. 마음은 청춘인데 몸이 말을 듣지 않는다는 말을 여실히 실감하고 있다.

긴 고심 끝에 이런 결론을 내렸다. 나의 꿈이 담긴 '몬드 레브' 제품을 만들어 줄 화장품 회사가 있었으면 좋겠다. 단, 조건이 있다. 지금 그대로 '화학성분들을 배제하고, 정말 피부에 필요한 성분들'로 만들어야 한다. 그래야만 내가 이제껏 주장해 온 '모든 여성들에게 사랑받는 순수한 화장품'이 계속해서 이어져 나갈 것이기 때문이다.

이제 인생의 마지막 불꽃을 태울 때가 다가왔다. 나는 질곡의 삶 속에서도 소녀시절의 꿈을 반드시 이뤄 내고야 말겠다는 신념을 버리지 않았다. 아직도 여성들에게 이로운 화장품을 만들겠다는 열망은 결코 변함이 없다. 사랑하는 고국의 여성들에게 건강한 피부 관리법도 전수하고, 피부 때문에 고민하는 여성들에게 진정한 아름다움을 안기고 싶다.

인생의 마지막 불꽃을 내가 아닌 다른 사람을 위해 무언가 할 수 있다는 것은 생각만 해도 설레고 뿌듯하다. 이것이 내 삶의 보람이고 절망하지 않는 내 인생의 비결이기도 하다. 그래서 이 생명이 다하는 순간까지 화장품에 대한 연구와 개발을 멈추지 않을 것이다. 후회 없고 보람 있는 인생을 살기 위해 노력한 만큼 한국이 자랑할 수 있는 화장품을 남기고 떠나는 것이 나의 마지막 소원이다.

| 추천사 |

저와 이주영 회장님과의 만남은 운명적이었습니다.

오래전 관서미용학교에서 미용지도에 여념이 없는 제 눈앞에 선생님은 그윽한 향기를 풍기면서 나타나셨습니다. 그때 저는 회장님을 보자마자 사랑에 빠진 수줍은 소녀처럼 한눈에 매료되고 말았습니다. 세계적으로 유명한 미용가들을 많이 접했지만 이렇게 존재감이 있는 여성은 만나본 일이 없었기 때문입니다.

회장님은 피부미용에 대한 저의 의견을 겸손하게 들어주신 후, 화장품과 명함을 건네주시고 웃으면서 떠나가셨습니다. 그 후 며칠 동안 회장님이 주고 간 화장품을 바르고 흥분과 감동이 복받쳐 올랐습니다. 그것은 제가 오랫동안 찾고 있었던 화장품이었기 때문입니다.

당시 우리 학교는 세계적으로 유명한 프랑스 화장품을 수입해서 교재로 쓰고 있었지만, 학생들의 피부 트러블이 심해지고 있던 터라 저뿐만 아니라 모든 선생님들이 무척 낙담하고 있었습니다. 바로 그런 위급한 때에 회장님을 만나게 된 것이죠. 이후 회장님의 화장품을 학교 미용교재로 쓰게 되었고, 그 덕분에 학생들의 피부도 좋아졌고, 제 미용기술 또한 더욱 유명해졌습니다.

제가 회장님에게 존경심을 갖는 것은 그것뿐만이 아닙니다. 회장님은 여성으로서, 어머니로서, 자기에게 주어진 책임을 다해 가면서 사업을 완벽하게 궤도에 올려

놓았습니다. 또한 건강관리에 철저하고, 식을 줄 모르는 아름다움에 대한 관심과 열정, 회사 직원들에게 베푸는 애정 넘치는 포용심 등은 저를 끊임없이 감동하게 만들었습니다.

진실한 사람이 진실한 제품을 창출할 수 있다고 생각합니다. 아무리 좋은 기술을 가져도 사용하는 제품에 문제가 있으면 좋은 결과를 얻을 수 없습니다. 이주영 회장님의 피부 이론과 관리기법은 후학들에게 그대로 적용되어 이상적인 결과를 보여 주고 있습니다. 이것은 본인의 피부생리 이론과 직접 개발한 제품들이 정확한 피부생리와 영양학을 바탕으로 하고 있다는 증거겠지요. 저도 회장님께 종종 여러 가지를 문의하지만 그때마다 명확하고 깊이 있는 답변에 놀라곤 합니다. 더구나 아흔을 넘긴 연세에도 피부가 그렇게 아름답고, 마음이 어린아이처럼 순수한 여성이 존재한다는 점에 큰 박수를 보내고 싶습니다.

이주영 회장님은 화장품 성분과 아름다움의 비결을 발굴하고 개발하여 맨피부가 아름답도록 하는 일에 긴 시간을 바쳐 왔습니다. 또한 맨피부가 좋지 않으면 아무리 용모가 좋아도 품위 있고 아름다운 여성이라고 할 수 없다며 외모지상주의에 경종을 울리셨습니다.

사회적 지위보다 피부에 좋은 제품을 개발하는 데 주력하는 회장님의 모습을 존경합니다. 이는 미용가로서 따라가고 싶은 참다운 모습입니다. 앞으로도 밝게 빛날 이주영 회장님의 길을 응원하며, 회장님을 사랑하는 한국 여성 여러분께 이 글을 올립니다.

레이코 가나타니 (金谷 令子)
국제미용학교 강사 | 일본 미용협회 교육연구위원
시데스코 국제 라이선스 심사원

아름다움은
세월이 새겨준다

1판 1쇄 발행 2022년 4월 29일

저자 이주영

발행인 김성룡
편집 유현규
교정 김은희
삽화 김완진
디자인 김민정

펴낸곳 도서출판 가연
주소 서울시 마포구 월드컵북로 4길 77, 3층 (동교동, ANT빌딩)
구입문의 02-858-2217
팩스 02-858-2219